Kommissar Batdorj und der gestohlene Fluch des Dschingis Khan

Kampf gegen Korruption und Organisiertes Verbrechen in der Mongolei

Thriller

von Span Nungpur

deutsch von Volker Lindner

Titel-Illustration von Johanna Lindner

bibliografische information der deutschen nationalbibliothek : die deutsche nationalbibliothek verzeichnet diese publikation in der deutschen national-bibliografie. detaillierte daten sind abrufbar unter http://dnb.d-nb.de
copyright 2014 lindner-autor   isbn 9783738609172

herstellung und verlag: BoD Books on Demand, norderstedt

„Moment," sagte Kommissar Batdorj unwillig und kratzte sich am Kopf, „einen Moment mal ! Bin ich im falschen Film oder wollen Sie mich hier veralbern ?"
Er sah die Frau vor ihm böse an. „Sie wissen schon, wer ich bin? Ich bin zuständig für Korruption und Organisierte Kriminalität, und was erzählen Sie mir da für wirre Sachen von einem Fluch ? Jemand hat Ihnen heute Nacht einen, …. einen Fluch gestohlen ? Zu viele Märchen gelesen ?"
Die Leiterin des Chowder Museums, eine im Augenblick äußerst nervöse, ansonsten immer würdige ruhige Dame in schon etwas reiferem Alter, schob zum vierten Male, seit der Kommissar ihr Büro betreten hatte, ihre Brille die Nase hoch.
„Aber ja doch," rief sie laut und fasste Batdorj am Ärmel, was diesen sofort einen Schritt zurücktreten ließ, denn er liebte so etwas überhaupt nicht, „aber ja doch ! Kommen Sie mit, kommen Sie !"
Sie fasste noch einmal nach, diesmal allerdings ganz energisch und zog Batdorj mit erstaunlicher Kraft in den Nebenraum. Mehr stolpernd als gehend gelangte dieser so in ein Zimmer, das noch kein normaler Museumsbesucher je gesehen hatte, allerdings konnte Batdorj so etwas nicht auffallen, denn er war seiner Lebtag noch nie in einem, also auch nicht in diesem, Museum gewesen.
„Ich hab' keine Zeit für Phantasiegeschichten," brubbelte der Kommissar, „einen Fluch gestohlen, hat man so einen Blödsinn schon ge…"
Völlig verblüfft hielt er inne. Nicht wegen der Kollegen der Spurensicherung, die wie weiße Käfer eifrig am Boden herumkrabbelten. Nicht wegen des mit Goldrahmen eingefassten gläsernen Möbels, das einem Sarg ähnelte und in der Mitte

des Raumes stehend das einzige Möbelstück hier darstellte. Nicht wegen der mehr als eigenartigen Atmosphäre dieses Raumes, der merkwürdig steril, ja, und eben so, na ja, so unbenutzt aussah. Nein, es war wegen des äußerst korpulenten Mannes, der in einem Eck stand und dieses völlig ausfüllte, und der vorwurfsvoll sagte : „Batdorj, Sie sind ein Kultur-Banause. Haben Sie denn noch nie was vom *Fluch des Dschingis Khan* gehört ?"
„Ti…, Timur !" stammelte Batdorj überrascht. „Was machen Sie…., wie kommen Sie denn hierher ?"
Man sah den feisten Polizeipräsidenten des Bezirkes Chowd-Aimag eigentlich niemals außerhalb seines luxuriösen Zimmers im ersten Stock der Polizeizentrale; dort thronte er die meiste Zeit des Tages auf seinem ächzenden Stuhl, der erstaunlicherweise bis heute dieses Riesengewicht ausgehalten hatte, und wartete die letzten beiden Jahre bis zu seiner Pensionierung ab, will heißen, er mischte sich so gut wie nie in die Arbeit seiner Untergebenen ein.
„Das fragen Sie, Batdorj," meinte Timur und seine Stimme klang fast traurig, „Sie sind mein bester Mann ! Wie können Sie bloß so ein Banause sein ? Ist Ihnen denn nicht klar, was das bedeutet ? Der Fluch ist gestohlen worden !"
Kommissar Batdorj kratzte sich wieder am Kopf. „Ehrlich gesagt," seine Stimme klang nicht besonders interessiert, „ehrlich gesagt, kann ich mir nicht vorstellen, wie man einen Fluch stehlen könnte. Na ja, und," er sah sich im Raum um, „ich hab' auch noch nie was gehört von einem Fluch von irgendcinem Khan."

„Der Fluch des Dschingis Khan, Mensch, Batdorj," Timur schüttelte den Kopf, „mongolisches Kulturerbe. So was weiß man doch."

Ein drittes Mal kratzte sich Batdorj. Ein Fluch war Kulturerbe? Und wenn schon Fluch, dann verdammt nochmal, wie konnte man denn bloß einen Fluch stehlen? Unwillkürlich musste er grinsen. Verbrannte man sich beim Stehlen eines Fluches wenigstens die Finger? Verzauberte der Dieb mit dem Fluch danach Polizisten? Oder ….

„Sie nehmen die Sache nicht ernst, Batdorj," Timur war nun wirklich verärgert, „hören Sie zu, ich erklär' Ihnen die Geschichte." Er schüttelte den Kopf, was bei seiner enormen Masse fast bedrohlich aussah und murmelte vor sich hin : „Wie kann man nur so ein KulturIgnorant sein. Und ausgerechnet mein bester Mann ! Weiß nichts vom Fluch ! Ein Mongole wie ich, und er kennt den Fluch nicht ! Ein Kultur-Banause !"

* * *

„Herr, du bist unser aller Khan, du bist der Beherrscher der gesamten Welt," Temudschin kniete im Staub vor seinem Vater, *„auf dein Wort hin werden Dörfer dem Erdboden gleichgemacht, auf einen Wink von dir hin wird das Land überzogen vom Getrampel tausender Pferde mit den besten unserer Krieger, wenn du nur deine Hand hebst, erzittern Häuptlinge und Fürsten. Ich verstehe nicht, was diese alte Hexe dir, dem mächtigsten Khan seit Menschen-gedenken, antun könnte. Herr, ich begreife deine Furcht nicht."*

*Er hob den Kopf, ohne dazu aufgefordert zu werden, denn dies war Privileg aller Söhne Dschingis Khans. „Lass das alte Weib köpfen! Lass ihr vorher den Mund mit Pech vollschütten, dann wollen wir hören, ob sie noch einen Fluch aussprechen kann!"
Dschingis Khan, der Eroberer der Welt, der noch heute in hohem Alter jeglichen Luxus verschmähte und genauso wie früher gern auf einem Holzblock, über den ein kleiner Teppich gebreitet war, saß, fuhr mit der linken Hand seinen langen, mittlerweile völlig weißen Bart entlang.
„Mein Sohn," sagte er in ruhigem Ton, „mein Sohn Temudschin, der du nach mir der oberste aller Khans sein sollst, du erfreust mich mit deinem Mut und deiner Tapferkeit. Doch manche Dinge werden nicht durch Tatkraft und Energie aus der Welt geschafft. Der Fluch ist bereits ausgesprochen und glaube mir," er spuckte neben sich in den Sand, „was ich fühle, ist keineswegs Furcht. Nein, ich bin als Khan in Sorge um unser Reich."
Er verstummte für eine kleine Weile und starrte vor sich hin. Niemand wagte das Wort zu ergreifen, auch sein Lieblingssohn Temudschin spürte, dass der Khan aller Khans noch nicht fertig war mit seiner Rede.
„Kommt Bedrohung aus dem Süden? Dann werfen unsere Krieger jeden Angriff zurück. Lehnt sich ein Volk im Westen gegen uns auf? Dann sorgen unsere Kämpfer dafür, dass dort nie wieder Unruhe herrschen wird. Wie aber gehen wir etwas Unfassbares, etwas nicht Greifbares an? Wer, mein Sohn, wer garantiert uns, dass die Kraft des Geistes nicht doch auf seine Weise wirken kann? Ob ich daran glaube oder nicht, ich muss als Khan Vorsorge treffen dafür, dass uns kein Schaden erwächst."*

Die Stimme des in seinem Volk abgöttisch geliebten und von seinen Feinden zutiefst gefürchteten Khans wurde lauter und fast wieder so fest und energiegeladen wie in seinen jungen Jahren. Er winkte kurz und herrisch einem Mann, der mit einigen mongolischen Kriegern vor der Jurte Dschingis Khans stand, allerdings ein schon von weitem zu erkennender Fremd-körper war : Dieser Mann nämlich trug eine verschlissene braune Kutte und hatte keineswegs wie die anderen einen kleinen Haarzopf im Nacken, sondern eine kreisrunde Tonsur auf seinem sonst blanken Schädel, und sein Gesicht war glattrasiert und bartlos, eine Figur also, die von den mon-golischen Kriegern belächelt und oft genug verspottet wurde, dort aber, wo er geboren und aufgewachsen war und noch vor wenigen Jahren gelebt hatte, als Mönch in allen christlichen Gesellschaften geehrt und geachtet gewesen war.
„Komm, Bruder Andareas," Dschingis Khan hatte wie alle Mongolen Schwierigkeiten bei der Aussprache des westlichen Namens und schob deshalb ein zusätzliches a ein, „komm her und erkläre meinem Sohn, was du gemacht hast!"
Der Mönch, der seit seiner Gefangennahme dem Khan als Schreiber diente - die mongolische Sprache hatte er der Not gehorchend aber auch dank seiner Begabung rasch gelernt, und da die mongolischen Schriftzeichen für jeden Schreiber eine äußerst langwierige und komplizierte Geschichte dar-stellte, war die lateinische Schrift an Geschwindigkeit und Klarheit unbeschreiblich überlegen - der Mönch also trat zu Temudschin und erklärte : „Auf Befehl deines Vaters, des mächtigsten Khans aller Stämme, habe ich den Fluch," hierbei bekreuzigte er sich und sah zum Himmel auf, „gebannt auf

*eine Schriftrolle. Dank meines Gottes, der der einzige wahre Gott ist, bleibt der Fluch so lange unschädlich, wie er in dieser Schriftrolle festgehalten wird. Ich habe ihn in der Sprache meiner Kirche niedergeschrieben und die Rolle versiegelt."
Temudschin haute dem Mönch sofort mit der flachen Hand auf den Mund.*
"Sprich nicht," zischte er wütend, "sprich nicht vor dem höchsten Khan von deinem Gott!"
Dann sah man seinem Gesicht deutlich an, dass er überlegte.
"Ich verstehe jetzt," wandte er sich an seinen Vater. "Ich verstehe deine Absicht. Du hast weise gehandelt, ohne Zweifel, und mein Unverständnis war voreilig. Wenn du erlaubst, dann werde ich aus der Beute unseres letzten Feldzuges einen Schrein heraussuchen und den Fluch auf immer darin verschließen lassen."
Dschingis Khan strich wiederum über seinen Bart und nickte.
"Ja, so soll es geschehen, wir wollen den Fluch auf ewig einsperren. Und dieser Schrein soll für alle Zeiten von vier Kriegern bewacht werden, jeder Versuch einer Öffnung wird mit dem Tode bestraft."
Anerkennend nickten alle Kriegsführer, die Vater und Sohn umstanden und die Diskussion interessiert verfolgt hatten, mit dem Kopf. Beide, der jetzige und der künftige oberste Khan der Welt, hatten klug gesprochen. Der Fluch der Hexe mag ausgesprochen sein und über allen Mongolen geschwebt haben, aber nun war er wirkungslos und eingekerkert.

* * *

„........und kein Mensch weiß bis heute," erklärte der Polizeipräsident, „kein Mensch weiß, wie der Schrein mit dem versiegelten Fluch hierher nach Chowd gekommen ist, es existieren keinerlei Aufzeichnungen, wer weiß, vielleicht hat sich diese Geschichte hier in der Gegend abgespielt, jedenfalls wird er seit Menschengedenken unter Verschluss gehalten. Und kein Mensch weiß, wie der Fluch lautet, welche Bedrohung er darstellt, welches Unglück er heraufbeschwören soll. Nicht vorstellbar, was passieren könnte, wenn das Siegel erbrochen und der Fluch laut gelesen wird."

„Das ganze Land, die ganze Mongolei wird in Gefahr kommen, wenn der Fluch geöffnet wird ! Furchtbares steht uns bevor !" Die Museums-Leiterin mischte sich nun mit hastig gesprudelten Worten ein, stoppte aber sofort wieder ihren Redeschwall, als sie Timurs Gesichtsausdruck sah. Wenn er etwas erklären und erzählen wollte, dann ließ er nur äußerst ungern jemand anderem den Vortritt.

„Ja, also, nicht nur wir rechnen mit einer Katastrophe," fuhr er fort, wobei er die Frau streng ansah und ihr damit zu verstehen geben wollte, dass sie den Mund nicht zu öffnen hätte, solange er sprach, „es ist bereits das Innenministerium verständigt worden und man wird wohl den Geheimdienst einschalten. Ja," setzte er, eine befriedigte Miene zeigend, hinzu, „da wird einiges an Rummel auf uns zukommen."

Batdorj kannte den Hang seines Vorgesetzten, möglichst oft und möglichst gut in den Medien erscheinen zu können, zur Genüge, das war ihm nichts Neues, er kratzte sich aber nicht aus diesem Grund bereits ein viertes Mal am Kopf, sondern deswegen, weil sich ihm schon wieder das Gefühl aufdrängte, hier völlig fehl am Platze zu sein.

„Der Geheimdienst?" fragte er ratlos. „Der Geheimdienst wegen eines Diebstahles? Weil so ein abergläubisches Zeugs geklaut worden ist?"

„Abergläubisches Zeug?" riefen der Polizeipräsident und die Museumsleiterin wie aus einem Mund, und bei beiden spiegelte sich eine solche Empörung im Gesicht, dass Batdorj fast erschrak.

„Batdorj!" Timur keuchte vor Erregung, zitterte am ganzen schwabbeligen Körper und musste erst ein paar Mal tief durchschnaufen. „Batdorj! Wollen Sie gescheiter sein als Ihre Vorgesetzten? Haben Sie nicht verstanden, was ich gesagt habe? Das Innenministerium ist in höchster Sorge!" Erneutes Keuchen, erneutes Zittern, erneute Pause. „Batdorj, Mensch, Sie sind doch wie ich ein Mongole! Mongole durch und durch, und da …."

„Beruhigen Sie sich doch, Timur," Batdorj war jetzt ebenfalls besorgt, aber nicht wegen dieses mysteriösen Fluches, von dem er – was ihn jetzt zutiefst ärgerte - von dem er noch nie gehört hatte, hat sich was mit mongolischem Kulturerbe, da war doch nie die Rede davon in der Schule gewesen, sondern weil Timur so knallrot im Gesicht geworden war, dass Batdorj fürchtete, sein Vorgesetzter stünde kurz vor einem Herzinfarkt oder wenigstens vor einem Kollaps, „bitte beruhigen Sie sich, ich entschuldige mich, ich hab' mich falsch ausgedrückt. Was ich meine, äh, Timur, glauben Sie wirklich, dass wir den Geheimdienst brauchen?" Ihm war die Schiene, auf der er fortzufahren hatte, sehr wohl klar. „Es wird doch wohl niemand Fähigkeit und Kompetenz der Chowder Polizei anzweifeln ? Unter Ihrer Führung, Timur."

„Batdorj, nicht doch," Timurs Gesicht hatte bereits wieder einiges an Röte verloren, „nicht doch, Sie Kunstbanause. Ich bin zwar Polizeipräsident, aber deswegen doch noch nicht vertrottelt. Wenn jemand Außenstehender Sie hört, dann hält er Sie für einen Schleimer. Und niemand weiß das besser als ich, dass das das Letzte ist, was Sie sind. Dafür aber ein Kunstbanause! Ja, zu Zeiten des Sowjetreiches hat man das Vorhandensein des Fluches totgeschwiegen, das stimmt, aber schon mein Großvater hat mir davon erzählt. Ein Mongole weiß doch so was. Es bleibt dabei, der Fluch ist mongolisches Kulturerbe."

Er machte eine Pause, seufzte laut und tief, so dass Batdorj wirklich erschrak, und setzte dann hinzu : „Und jetzt ist er weg. Gestohlen. Eine Katastrophe."

„Wir sollten alle so schnell wie möglich," jetzt wagte die Museums-Leiterin wieder sich einzumischen, „nein, wir müssen so rasch es geht den Ahnen opfern und sie um Unterstützung bitten."

Während der Polizeipräsident zu diesem Einwurf leicht anerkennend den Kopf wiegte, beeindruckte er den Kommissar nicht so besonders, er hatte es nicht groß mit Religion. Und, er verzog den Mund, sah aber dabei von Timur weg, um diesen nicht erneut aufzubringen, und er dachte ziemlich abfällig über diesen seinen neuen Fall. Ein Fluch gestohlen. Die Welt bricht zusammen. Da ist sogar der Geheimdienst notwendig. Kamelscheiße. Für so eine Kamelscheiße die Zeit opfern. Weil sonst nichts Wichtiges zu tun war. Batdorj kratzte sich automatisch ein fünftes Mal am Kopf, zuckte aber heftig zusammen, da er dummerweise die Stelle erwischt hatte mit der Narbe, welche das Andenken an einen Streifschuss aufrechthielt. Das tat weh. Und bloß wegen eines kindischen Fluches. Kamelscheiße nochmal.

* * *

Der Knall der Explosion war so laut, dass man es in der ganzen Innenstadt von Chowd hören konnte. Die Kraft der Explosion allerdings, die Wucht, die sie hervorrief, war im Vergleich dazu recht bescheiden, einige Fenster waren zu Bruch gegangen, ja, und von dem Abfalleimer, in dem die Bombe abgelegt worden war, waren alle Teile zu Staub zerblasen in weiter Umgegend verteilt. Niemand war verletzt worden, Menschenleben waren nicht zu beklagen, denn die Bombe war losgegangen oder gezündet worden in einer unwichtigen Nebenstraße zu einer Zeit, als sich niemand dort aufgehalten hatte.
Also waren keine Augenzeugen aufzutreiben, und mit den paar winzigen Bombenresten, die man finden konnte, wusste die Spurensicherung nichts anzufangen. Woher auch, richtige Bombenexperten gab es sicher in der Hauptstadt Ulan Bator, aber doch nicht hier in Chowd-Aimag. Na gut, man konnte ja die Krümel in die Hauptstadt schicken. Wahrscheinlich würde man sich damit aber wohl doch bloß blamieren. Wenn es zum Beispiel so ein paar selbst zusammengebastelte Bomben, so aus zwanzig Feuerwerkskörpern und hundertfünfzig Knallfröschen zum Beispiel, wenn es bloß so ein deftiger Streich von Jugendlichen gewesen war? Irgend so ein Mist, den sie

aus einem der westlichen oder chinesischen Actionfilme gelernt hatten ? Unlustig und absolut unentschlossen saß Batdorj an seinem Schreibtisch und überlegte hin und her. Verflucht noch mal, leitete er denn nun die Abteilung für Korruption und Organisierte Kriminalität oder war er neuerdings zuständig für Kinderkram und für esoterische Spinnereien ? Verdammt, dann sollten sie doch mit ihren Ahnen zusammenarbeiten und ihn in Ruhe lassen.

„Herein !" rief er unwirsch, als es an der Tür klopfte, bereit, jeden unwillkommenen Besucher kräftig anzuschnauzen. Ein wenig milderte sich seine üble Stimmung, als seine Stellvertreterin Tüti den Kopf hereinstreckte, eine der wenigen aus seinem Umkreis, der er vertraute, eine Polizistin, die er als unbestechlich einschätzte, und von dieser Sorte gab es seiner Erfahrung nach nicht allzu viele Kollegen.

„Batdorj," sagte Tüti und lächelte etwas verlegen, als sie sah, in welcher Stimmung er war, „ich hab' da was Eigenartiges." Sie schwenkte einen weißen Briefumschlag und erklärte : „Der war im Postkasten. Schau mal, was da draufsteht."

Als sie ihm das Kuvert hinhielt, konnte er lesen : „Erste Warnung an das Innenministerium der Mongolei".

„Ich war mir nicht ganz sicher," meinte Tüti, „wegschmeißen oder die Gefahr riskieren, sich lächerlich zu machen, wenn man es nach Ulan Bator weiterschickt ?"

Batdorj nahm den Brief und starrte ihn an. Kinderkram ? Wurde er als Kommissar heute nur mit Spinnereien konfrontiert ? Er knurrte und riss den Brief auf. „Wegwerfen können wir ihn auch, wenn wir wissen, was drin steht."

Und er hielt den weißen Bogen Papier, den er entfaltet hatte, so, dass auch Tüti hineinschauen konnte :

Noch ist nicht viel passiert, denn wir haben nur den ersten Satz gelesen. Wenn die Mongolei verhindern will, dass wir uns weiter mit dem Text befassen, dann erklären Sie sich über die Nachrichten des öffentlichen Rundfunks bereit, auf unser Anliegen einzugehen. Falls wir solches in den Nachrichten hören, teilen wir Ihnen unsere Forderungen mit. Sie wollen sich sicher nicht ausmalen, was wir alle erleben werden, wenn Ihr Verhalten uns dazu zwingen sollte, den nächsten Satz zu lesen.

Tüti sah Batdorj irritiert an. „Ich versteh' nicht ein Wort. Von was ist da die Rede?"

Einen Moment schwieg Batdorj. „Der Bombenanschlag," sagte er dann grimmig, „der Bombenanschlag und der Fluch. Dieser dreimal verdammte alberne kindische Fluch."

„Fluch?" fragte Tüti verwundert, denn davon wusste sie noch nichts. „Was denn für ein Fluch?"

Batdorj winkte ihr nur, ihm zu folgen, denn er stapfte bereits den Flur entlang bis zur Treppe, die in den ersten Stock führte.

Timur, der Polizeipräsident, schaute nicht weniger verwundert als vorhin Tüti, denn dies hatte Batdorj noch nie gemacht, ohne anzuklopfen in das Zimmer des obersten Polizeichefs des Bezirkes Chowd-Aimag zu stürmen. Erschrocken glotzte er auf das Blatt Papier, das ihm der Kommissar auf den mit reichen Schnitzereien verzierten, blanken Schreibtisch knallte.

Dann wurde er blass, nahm das Blatt in beide Hände und las es noch einmal.

„Heiliger Buddha," stammelte er und sah Batdorj angstvoll an, „heiliger Buddha, ich hab's ja gewusst. Eine Katastrophe."

Er fuhr sich mit dem Handrücken über die Stirn und wiederholte : „Eine Katastrophe. Der Fluch. Es geht los. Eine Katastrophe." Kurze Pause. „Batdorj, das muss sofort in die Hauptstadt. Schicken Sie es auf der Stelle mit einem Sonderkurier nach Ulan Bator. Aber," er sah sich in seinem eigenen Zimmer um, als könnte noch jemand da sein, von dem er nicht wüsste, „aber sehen Sie zu, Batdorj, dass niemand was davon erfährt. Wir dürfen keine Panik aufkommen lassen, verstehen Sie ?"
Sonderkurier ? Unwillkürlich musste Batdorj grinsen und blickte dabei sofort zur Seite.
„Ächäm," räusperte er sich dann, „wie wär's mit Fax ? Das ginge doch am schnellsten."
Timur nickte. „Ja, in Ordnung, so können Sie's machen. Und ich rufe gleich die Innenministerin an und sage ihr Bescheid." Mit der linken Hand hielt er Batdorj das Schreiben hin und mit der rechten langte er bereits zum Telefonhörer.

* * *

Drei Tage darauf war das erste Opfer zu beklagen, auch die Schadensdimension war eine ganz andere. Diese Bombe jetzt war offensichtlich bereits bei Einbruch ins Museum und Diebstahl des Fluches im Geschäftszimmer der Museumsleiterin versteckt worden, und als sie jetzt – wohl ferngezündet – hochging, war die Wirkung auf Mensch und Material völlig gleich. Nichts, was sich in diesem Zimmer befunden hatte, war der Explosion entgangen, das gesamte Inventar war ebenso wie die Leiterin dieser Einrichtung in unkenntliche, winzige Stücke zerrissen worden. Und wie bei einer Kette immer das schwächste Glied bricht, hatte auch hier die Wand mit dem geringsten Widerstand, also die Wand mit den drei Fenstern zur Straße, als erstes der ungeheuren Gewalt nachgegeben, so dass in den angrenzenden Räumen mit den Museumsstücken außer beim Mauerwerk kaum Schaden angerichtet worden war.

Batdorj war mit diesem Ereignis endgültig klar geworden, dass sich das, was er für kindisch und Aberglaube gehalten hatte, als ganz übler Fall zeigte. Da half es auch überhaupt nicht weiter, dass er sich mit dem Leiter der Spurensicherung anlegte, von wegen Tatort nicht ordentlich und komplett durchsucht und so Bombe nicht rechtzeitig gefunden zu haben, im Gegenteil, er musste sich vorhalten lassen, dass das Zimmer der Museumsleiterin keineswegs zum Tatort gehört hatte und dass, wenn der Herr Gescheitmeier es schon besser wüsste, dass man dann ja das ganze Museum hätte durchkontrollieren müssen, und ob dem Herrn Besserwisser vielleicht also auch klar wäre, dass die Kollegen dann heute noch im Museum beschäftigt gewesen und also dann auch mit in die Luft geflogen wären.

Kurz, Kommissar Batdorj konnte seine schlechte Laune der letzten Tage weiterhin pflegen. Er hatte seine beiden Stellvertreter Tüti und Sergej, den russischen Namen hatte dieser von seinem russischen Vater, also er hatte diese beiden am Schauplatz der Explosion gelassen bei der nun überbeschäftigten Spurensicherung und den zahlreichen Feuerwehrleuten, die die Männer der Spurensicherung behinderten und nervten, da sie die angeknacksten Seitenwände dringend abstützen mussten, um ein Zusammenbrechen zu verhindern. Bei seiner Abfahrt vom Museum machte sich der

Chef der Spurensicherung zum Vergnügen der Feuerwehrmänner noch lustig über Batdorjs Dienstwagen, der nicht gleich anspringen wollte. Es war dies ein uralter Lada, ein elender Bock, in dessen Baujahr die russischen Kfz-Mechaniker noch nicht recht wussten, ob Servolenkung ein Peitschenantrieb für Sklaven im alten Rom gewesen war oder womöglich ein Bauteil eines dieser modernen Sputniks, aber der Karren besaß Allrad und mit dieser Eisenkutsche konnte man, wenn es Not tat, auch eine Treppe hinauf fahren, ohne dass irgendwas kaputt ging, und also hatte sich Batdorj stets geweigert, sich ein neues Auto aufschwätzen zu lassen.

Als er in den Hof der Polizeizentrale einkurvte, wurde sein Ärger noch weiter angestachelt, denn irgend so ein Trottel hatte sein Auto auf Batdorjs Parkplatz gestellt. Und er hätte Solongo, der hübschen jungen Polizistin, die stets ihren Dienst an der Empfangstheke gleich hinter dem Eingang ableistete und mit der er, kurz bevor er seine zweite Frau Narantseseg geheiratet hatte, eine Zeit lang liiert gewesen obwohl sie eigentlich zu jung für ihn war, also der hätte er am liebsten den weißen Umschlag, den sie ihm fröhlich entgegenschwenkte, aus der Hand gerissen und ihn in kleinste Stücke zerpflückt, denn er wusste auch ohne hinzusehen, was darauf stehen würde : Zweite Warnung an das Innenministerium der Mongolei. Verdammter Dschingis Khan. Verdammter Fluch. Dreimal verdammte Kamelscheiße.

Ungeöffnet brachte er den Wisch zu Timur und gemeinsam besahen sie sich das ungute Werk, Timur so blass, als ginge es ihm an den eigenen Kragen, und der Kommissar zornesrot :

Der zweite Satz ist gelesen. Furchtbar ist seine Auswirkung. Beschämend, wenn die Herrschenden zaudern und nichts tun zur Rettung ihrer Bürger. Nun denn, so ist bald der nächste Satz an der Reihe.

* * *

Dass es in der Mongolei einen Inlands-Geheimdienst gab, das war vermutlich irgendwie aus der Zeit des Sowjetreiches übernommen worden. Doch während die kommunistischen Funktionäre ja ganz bewusst die eigene Bevölkerung ausspionieren und überwachen wollten, setzen die heute demokratisch denkenden und nach dem Westen schauenden Politiker dieser im Landesinneren wirkenden Organisation andere Ziele. Der Feind heißt momentan Korruption und Organisierte Kriminalität und, wenn man Pech hat, wohl irgendwann mal auch Terrorismus.

Die eilig einberufene Sondersitzung fand im Büro der Innenministerin Ojuncaral statt, denn zum einen war sie dem Gesetz nach oberste Chefin dieser Behörde und zum andern schien diese Angelegenheit sich äußerst heikel zu entwickeln. Dass der zuständige Abteilungsleiter des Geheimdienstes eine Ministerin einfach mit ihrem Namen ansprach, lag nicht an mangelndem Respekt oder womöglich familiären Beziehungen. Mongolen haben seit je her nur einen Namen und mit dem spricht man sie an, Zusätze wie Frau oder Herr sind kaum üblich.

„Ich habe, Ojuncaral," Abteilungsleiter Fanito schüttelte den Kopf, „ich hab' das noch nicht erlebt. Zwei meiner besten

Leute, Tamer und Batjargal, weigern sich, den Auftrag zu übernehmen und nach Chowd zu gehen." Er schüttelte seine Löwenmähne nochmals. „Aus Ehrfurcht vor dem Fluch des Dschingis Khans."

„Man hat mir bereits darüber berichtet," die Ministerin war nicht sonderlich beeindruckt, „und in gewisser Weise kann ich es nachfühlen. Meine Eltern haben mich auch zu Respekt vor den Ahnen erzogen. Lassen Sie die beiden und schicken Sie jemand anderes. Und nun das Wichtige : Wir signalisieren den Urhebern dieser Geschichte, dass wir sie ernst nehmen, will heißen, wir geben über den Rundfunk die gewünschte Nachricht heraus, um mit ihnen in Kontakt zu kommen. Zum einen müssen wir erfahren, was die von uns wollen, und zum andern werden sich ja wohl nur auf diese Weise Möglichkeiten ergeben für irgendwelche Rückschlüsse, um an diese Leute heranzukommen."

Fanito wartete, ob Ojuncaral noch etwas hinzufügen würde und sagte dann : „Dass die Leute, die diesen Fluch gestohlen haben, bisher über die Chowder Polizei mit uns in Kontakt getreten sind, und auch, dass ihre bisherigen beiden Aktionen eben dort stattfanden, zeigt meiner Meinung nach zwei Möglichkeiten. Die erste ist, dass es tatsächlich jemand aus dieser Provinz ist, und dann befürchte ich eigentlich kaum Anschläge hier in Ulan Bator. Die zweite aber ist unangenehmer, denn wenn die Urheber den Kontakt über die Chowder Behörden laufen lassen, weil sie eine Rückverfolgung schwieriger machen wollen, dann haben wir es mit Profis zu tun. Mit rücksichtslosen und gut planenden Profis. Im schlimmsten Fall politische Profis."

Er sah die Ministerin fragend an. „Sollen wir komplett übernehmen? Die Chowder Polizei ganz raushalten?"
„Nein," Ojuncaral brauchte nicht zu überlegen, „nein, das ist nicht notwendig, Sie werden sehen, Fanito, dort unten ist ein tüchtiger Mann am Fall, Kommissar Batdorj."
Fanito war überrascht. „Sie kennen einen kleinen Provinz-Kommissar?" Fast hätte er hinzugesetzt „Verwandtschaft?", verschluckte dies aber, denn er wusste, dass es bei der Ministerin für ein Qualitäts-Urteil niemals fadenscheinige Gründe gab.
Ojuncaral ließ einen kleinen Lacher hören. „Diesen kleinen Provinz-Kommissar wollte ich einmal ins Büro holen," jeder der Anwesenden wusste, um was es sich handelte, nämlich um das Büro zur Bekämpfung von Korruption und Organisierter Kriminalität, „und heute freue ich mich, dass er sich damals geweigert hat. Wir haben mit ihm einen zuverlässigen und wie gesagt einen tüchtigen Kollegen bei der Chowder Polizei."
„Batdorj ist absolut in Ordnung," Kubilay, der stellvertretende Leiter des Büros, mischte sich nun zum ersten Mal ein, „und ich meine," dabei sah er Ojun-caral direkt an, „ dieses Mal sollten wir ihn von Anfang an in alles einweihen."
Die Ministerin lachte wieder kurz, denn sie dachte an die noch gar nicht so lange zurückliegende Aktion, in der Batdorj und Kubilay in Chowd-Aimag zusammengearbeitet hatten und einer vom anderen nicht allzu viel wusste, und nickte.
„Ja, das sollten wir," sie sah zu Fanito, „ich werde Batdorj anrufen und klarstellen, dass eine Zusammenarbeit ohne jegliche Geheimniskrämerei notwendig ist. Und dass er von unserer Seite zuverlässig damit rechnen kann."

Fanito musterte kurz Kubilay und schaute dann wieder zur Ministerin. „Ich habe da nichts dagegen. Muss ich etwas wissen über diese damalige Aktion, Sie verstehen, könnte es mit diesem Batdorj irgendeine Animosität wegen damals geben?" Er blickte Kubilay nochmals ins Gesicht und setzte hinzu: „Was auch immer für eine Aktion dies gewesen war."
Kubilay antwortete für die Ministerin. „Nein, nein, da gibt es nicht den geringsten Berührungspunkt mit der heutigen Geschichte. Nein, das ist hundertprozentig erledigt und vorbei. Wir haben damals nur mit Hilfe von Profikillern einen der ganz großen Fädenzieher eliminiert."
Fanito zog ungläubig eine Augenbraue hoch, er wartete wohl darauf, dass Kubilay anfügen würde ‚War nur Spaß', aber dieser saß mit unbewegter Miene da. Also glitten seine Blicke zu Ojuncaral, aber die nickte nur zustimmend und ließ nochmals einen kleinen Lacher hören.

* * *

Der dritte Anschlag ging wie der erste ohne Verletzte oder Tote ab, aber das war sicher nicht in der Absicht oder Zartfühligkeit der Fluch-Diebe gelegen, denn wie die mittlerweile aus der Hauptstadt eingetroffenen Bombenexperten feststellten, war dieses Sprengwerk mit einem Zeitzünder versehen gewesen, der auf Grund eines Defektes zu früh gezündet hatte. Und so kam in dem kleinen Kino am Rande des Chowder Gewerbegebietes niemand zu Schaden, da die Vorstellung hätte erst eine Stunde später beginnen sollen. Freilich war das Gebäude nun abbruchreif, also genau genommen würde nur ein Haufen Bauschutt ab zu transportiert werden müssen, aber allzu viel Kummer bereitete dies dem Besitzer nicht, da er sowieso seit einiger Zeit nachgedacht und gerechnet hatte, wie man am billigsten ein größeres Licht-spielhaus würde hier her stellen können.

Da bereitete dieser Anschlag Batdorj schon um einiges mehr Kopfzerbrechen, denn es tat sich nirgends eine Spur auf, die man zurückverfolgen hätte können. Auf den Briefumschlägen waren jede Menge Fingerabdrücke, aber wer wollte schon sagen, wie viele Leute bei der Post sie in der Hand gehabt hatten. Und bei den ersten beiden Briefen waren ja sogar zusätzlich Solongos, Tütis und eben auch noch Batdorjs Abdrücke drauf. Die fehlten nun beim dritten Schreiben, aber das war ja nichts wert. Alle Poststellen in Chowd waren angewiesen worden, jeden eingehenden Briefe an Polizei oder Innenministerium an Ort und Stelle liegen zu lassen und erstere augenblicklich zu informieren. Dies hatte allerdings nur zur Folge, dass man den Brief selbst hatte holen müssen, Erkenntnisse oder Spuren taten sich keine auf, denn selbstverständlich hatte nicht eine Person den Brief eigenhändig in einem Postamt abgegeben, sondern er war in irgendeinen Postkasten irgendwo im Bezirk Chowd-Aimag eingeworfen worden, und da jeder Tourenfahrer im Laufe eines Tages mindestens dreißig solcher öffentlicher Kästen zu leeren hatte, war es unmöglich zu sagen, aus welchem dieser Brief gekommen war.

Auch die Spezialisten des Geheimdienstes, die sich inzwischen im Aufenthaltsraum der Chowder Polizeizentrale eingenistet hatten, schienen nicht recht zu wissen, was man tun könnte. Und als ob nicht schon genug Unannehmlichkeiten um

Batdorj herum waren, musste er bei seiner Rückkehr in die Zentrale hören, dass er über das Neueste nicht informiert war. Während er am Tatort gewesen war, hatte eine Rundfunksprecherin am Ende der Nachrichtensendung kurz und zusammenhanglos bemerkt : „Die derzeitigen Besitzer des Museumsstückes aus der Zeit Dschingis Khans werden gebeten, Kontakt aufzunehmen."

Als Batdorj also gemeinsam mit Thien, der Chefin der Geheimdienstleute, die ‚Dritte Warnung an das Innenministerium der Mongolei' öffnete, war das Schreiben nicht mehr aktuell, bereits überholt durch die Aussage in den Nachrichten. Interessant jedoch war es alle Male.

Ihr langsames Handeln zwingt uns zum Weiterlesen. Bisher hat der Fluch offenbar nur lokale Auswirkung, vielleicht aber richtet der nächste Satz Unheil an im Herzen der Mongolei ?

Damit war natürlich Ulan Bator, die Hauptstadt gemeint, das begriffen sie sofort.

Thien seufzte. „Das hat Ojuncaral befürchtet. Jetzt heißt es in Ulan Bator die höchste Alarmstufe auszurufen."

„Na ja," antwortete Batdorj, „möglich wär ja auch, dass sich die ganze Geschichte auf eine andere Ebene verlagert. Jetzt heißt es doch erst einmal abwarten, was für Forderungen die Fluchdiebe stellen."

„Ganz richtig, als nächstes werden die Forderungen kommen," sagte Thien, „und das gibt uns, wenn wir rasch handeln, eine zugegebenermaßen winzige, aber immerhin denkbare Möglichkeit, eine Spur zu finden."

Batdorj dachte einen Moment nach. „Ich kann mir da jetzt gar nichts vorstellen. Sollen wir etwa," er grinste bei dem Gedanken, „sollen wir etwa den Ausnahmezustand ausrufen lassen und mit allen einberufenen Reservisten sämtliche Postkästen überwachen?"

„Sämtliche nicht," erklärte Thien, „ich meine, wir machen es so : An drei Vierteln der Kästen werden Schilder aufgehängt, dass sie vorübergehend nicht geleert werden. Von mir aus überlegen wir uns noch einen Grund, den wir dazu schreiben, muss aber eigentlich gar nicht sein, es wird halt einfach nicht geleert, dann wird auch niemand riskieren, dort etwas einzuwerfen. So bleibt eine Zahl an Postkästen übrig, die wir mit einem Großaufgebot an Leuten überwachen können."

„Verrückt," Batdorj schüttelte den Kopf, „wie stellen Sie sich denn eine Überwachung vor ? Jeden Brief sofort rausholen und dann, wenn es der richtige ist, dem nachlaufen, der ihn eingeworfen hat ?"

„Warum nicht ? Zuerst auf alle Fälle jeden fotografieren und danach, soweit möglich, den Brief rausholen, ja, und wenn's so ist, dann Alarm geben."

„Verrückt," murmelte Batdorj noch einmal, „aber ich weiß auch nichts anderes, und eine winzige Chance ist besser als gar keine."

* * *

Die Person, die in dem kleinen Restaurant am Stadtrand von Chowd zu Mittag aß, gehörte zur Polizei der Provinz, war hier als Stammkunde bekannt, trug aber bei den Mahlzeiten niemals Uniform. Auch das Aufsuchen der Toilette gehörte gewohnheitsmäßig zu diesen Besuchen und wunderte niemanden und fiel niemandem weiter auf. Allerdings war ab und zu nicht das WC das Ziel, sondern ein kleines Zimmer etwas weiter vorn im Gang, natürlich nur, wenn kein Mensch sonst im Flur war und auch immer nur für eben so lange Zeit, wie man auch auf der Toilette gebraucht hätte. So auch heute.

Die Person, die in dem Zimmerchen, das man auch über eine zweite Tür vom Hof her betreten konnte, auf einer wackligen alten Bank saß, war ein in Chowd-Aimag noch recht unbekannter Emporkömmling der hiesigen kriminellen Kreise. Seinen Weg nach oben hatte er gefunden, als vor einem halben Jahr der große Boss Battulga umgebracht worden war, erschossen mit einer haargenau in die Mitte der Stirn platzierten Kugel, ganz genau so wie vorher bei zwei seiner Männern. Manas, der aufgrund seiner guten Informationen das Machtvakuum nach Battulgas Tod schnell ausgefüllt hatte, war davon überzeugt, dass dieser Kommissar, dieser unsympathische Batdorj, dass der der Meisterschütze gewesen war, nicht anders konnte er alle Berichte von Battulgas Leuten deuten, dieser Polizist hatte Battulga schlicht und einfach hingerichtet. Also würde er, Manas, den Fehler Battulgas gewiss nicht wiederholen : Der hatte nämlich zweimal Anweisung gegeben, den Kommissar umzulegen, was prompt schiefgegangen war mit dem bekannten Ergebnis. Nein, er würde, soweit es ging, in Abstand von Batdorj bleiben. Und dazu wollte er, selbstverständlich neben anderen wichtigen Informationen, dazu wollte er den Kontakt nutzen.

„Dass Batdorj im Moment kaum Zeit hat für uns," sagte er, „das ist natürlich gut für's Geschäft. Aber irgendwie beunruhigen mich diese Bombengeschichten, wissen Sie da schon

Näheres? Ich hab' ziemlich ungern in meinem Revier Sachen, von denen ich nichts, aber wirklich gar nichts weiß."
„Wir tappen genauso im Dunklen, bis jetzt hat sich an keinem Tatort irgendeine Spur aufgetan. Aber wir haben den Geheimdienst im Haus, da riecht mir die ganze Geschichte nach was Politischem. "
„Was Politisches?" Manas wurde nachdenklich. „Und der Geheimdienst? Ich will mit beidem nichts zu tun haben und wenn's geht, nirgends was davon berühren. Verflixt, da freut man sich, dass dieser Batdorj anderweitig beschäftigt ist, und dann muss man doch so aufpassen. Geben Sie mir bloß rechtzeitig Bescheid, wenn Sie was Verwertbares hören."
„Ich tue mein Bestes. Und ich glaube, Sie können ruhig Ihren Geschäften nachgehen, ich kann mir nicht vorstellen, dass Ihnen der Geheimdienst in die Quere kommt, diese Leute verstehen nicht viel von Polizeiarbeit, und sie haben andere Sorgen."
„Und Batdorj im Moment auch," Manas lächelte kalt, langte in seine Manteltasche und zog ein Kuvert heraus. „Hier, wie gewohnt."
Das Kuvert wurde entgegengenommen und in einer Jackentasche verstaut. Dann ging es in zwei verschiedene Richtungen aus dem Zimmer, einmal durch die Tür zum Hof, einmal durch den Flur zurück in die Gaststube. Die junge Kellnerin, die zwar äußerst langsam, aber immerhin doch meist recht aufmerksam war, brachte dem Gast noch den gewohnten Nachtisch, eine Tasse vergorene Stutenmilch. Danach zeigte ein demonstrativer Blick auf die riesige, blecherne Uhr aus längst vergangenen Zeiten, die allerdings noch erstaunlich genau ging, der Bedienung, dass es Zeit zum Kassieren war.

Genau zur gleichen Zeit blieb ein dunkelblauer Mittelklassewagen der Firma Toyota in einem Stadtgebiet von Chowd, in dem sich größere Wohnblocks aneinanderreihten, in Sichtweite eines Postkastens stehen. Ein Mann stieg aus, ging bis zu diesem Kasten, blieb kurz davor stehen und kehrte zum Wagen zurück.

„Wird die nächste Zeit nicht geleert," knurrte er, nachdem er auf der Beifahrerseite wieder eingestiegen war, „fahr' weiter Richtung Gewerbegebiet, dort ist noch einer."

Der Fahrer nickte kurz und fuhr los. Drei Straßenkreuzungen weiter sah man an einem schäbigen, heruntergekommenen Lebensmittelgeschäft einen Postkasten hängen. Ohne zu blinken bog der Fahrer nach rechts ab und hielt in einer kleinen Bucht zwischen zwei mit dürren Ästen gesegneten Bäumen. Der Beifahrer stieg wiederum aus und ging zur Kreuzung zurück. Als er wieder kam, warf er nach dem Einsteigen die Tür so kräftig zu, dass das Auto zitterte.

„Verflucht noch mal," brummte er, als der Fahrer ihn fragend ansah, „diese verdammten Idioten bei der Post. Wird auch nicht geleert."

„Wird nicht geleert ?" Der Mann am Steuer legte den ersten Gang ein und fuhr los. „Wieso nicht ?"

Der andere zuckte mit den Achseln. „Was weiß ich, irgendwelche technischen Schwierigkeiten." Er wies mit der Hand die Straße entlang. „Fahren wir in die Innenstadt, irgendwo hängt schon noch einer."

„Wir sollen den Brief aber in einem Außengebiet einwerfen," gab der Fahrer zu bedenken, „je näher die Stadtmitte, desto mehr Polizei."

„Aber noch blöder ist's, wenn wir den Brief zurück bringen. Wart mal, da vorn rechts, ja, fahr dort rechts und dann hinterm Park links, da glaub' ich ist noch ein Kasten."
Kurz vor ihrem Ziel mussten sie an einer Kreuzung warten, da eine Schulklasse die Fahrbahn im Gänsemarsch überquerte.
„Ich steig aus," brummte der Beifahrer und wedelte mit dem Brief in der Hand, „ich steig aus und geh gleich quer durch den Park. Bis die alle über die Straße sind, bin ich dort und du dann auch, da steig ich dort wieder ein."
Mit hastigem Schritt lief er über den knirschenden Kies, vorbei an Leuten, die auf den Parkbänken dösten oder meditierten. Am Ende des Parks wurde die Hecke, die diesen begrenzte, deutlich niedriger und man konnte davor eine Bushaltestelle sehen, an der ein Postkasten angebracht war. Der Mann ging ein paar rasche Schritte darauf zu und stutzte. Vor ihm stand ein uniformierter Polizist, mit dem Rücken zu ihm und halb verdeckt von den Zweigen der Hecke und schaute Richtung Bushaltestelle. Und was dieser Polizist machte, ließ den Mann in seinem Schritt erstarren. Ein altes Mütterchen warf ein kleines braunes Kuvert in den Postkasten ein, und der Polizist hob einen Fotoapparat hoch und fotografierte sie. Allein die Anwesenheit des Ordnungshüters hätte schon verhindert, dass der Mann weiter zum Postkasten gegangen wäre, der Apparat jedoch löste in ihm Panik und Fluchtsignale aus. Was war hier los ? Mühsam nahm er sich zusammen, um nicht gleich ganz auffällig los zu rennen, bog nach links ab und nahm den nächsten Abweg aus dem Park. An der Straße sah er sich um, entdeckte zu seiner Erleichterung das Auto mit seinem Komplizen, winkte ihm kurz und stieg hastig ein, als dieser ihn erreicht und abgebremst hatte.

Auf die verblüffte Frage „Du hast ja den Brief immer noch?" zischte er nur kurz aus den Mundwinkeln: „Weg hier, schnell weg!"

Der Fahrer gab Gas. „Mensch," brummte er, „warum hast du den verdammten Brief denn nicht eingeworfen? Der Kasten hier war doch nicht außer Dienst, ich hab doch gesehen, wie eine Frau was reingeschmissen hat. Und warum du nicht? Wir können doch nicht mit dem blöden Wisch wieder zurückkommen."

Sein Beifahrer antwortete nicht. Er starrte den Brief in seiner Hand an und überlegte. „Fahr durch die Innenstadt, direkt am Postamt vorbei! Da fällt's nicht auf, wenn wir langsam fahren," meinte er dann. „Und wenn dort auch ein Bulle mit Fotoapparat steht, na dann ......"

Fast zur selben Zeit saß in einem weit entfernten Land ein Mann in seinem Garten und genoss die angenehm warmen Strahlen der bald untergehenden Sonne, ein Mann, der für mongolische Verhältnisse angezogen war wie ein kleiner Bub, denn er trug kurze Hosen, die noch dazu nicht von einem Gürtel, sondern von Hosenträgern am Leib gehalten wurden. Kein mongolischer Mann käme je auf die Idee, sich so zu kleiden, doch hier, in diesem völlig anderen Land war dies so Sitte, denn es war eine althergebrachte Tracht. Der Mann - er war in bereits älteren Jahren, zwar mit Bart, aber auf dem Kopf mit recht spärlichem Haarwuchs - saß auf einer hölzernen Bank direkt unter dem weit geöffneten Fenster der Küche, in der seine Frau hantierte und dabei Radio hörte. Im Moment liefen gerade die Nachrichten und unwillkürlich hörte der Mann zu. Er stutzte und spitzte die Ohren, als der Radiosprecher etwas über Vorfälle in der Mongolei be-

richtete. Wie ein Zwanzigjähriger sprang er von seinem Sitzplatz auf, als er die Worte hörte „…..und stehen diese Attentate wohl in Verbindung mit einem mysteriösen Museumsdiebstahl in der Provinzhauptstadt Chowd…."
Der Mann schlug sich mit beiden Händen auf die Oberschenkel, was laut klatschte, denn die kurze Hose war aus Hirschleder, und rief laut : „I werd' narrisch ! Da Fluach ! Himmeherrschaftsseitn, da Fluach !"
Erschrocken steckte daraufhin seine Frau den Kopf aus dem Fenster und fragte : „Is wos passiert, Alois ?"
„Da Fluach !" rief er daraufhin nochmals laut. „Himmekruzefünfal, da Fluach ! Erna, pack' mein Koffer, i muaß ind' Mongolei !
„Du bist doch scho seit acht Jahr'n pangsioniert," wunderte sich die Frau, „und wos für a Fluach, ja, und ind' Mongolei, des is ja da nachste Weg. Du bist doch pangsioniert, des konn doch ….."
„Bei mir hoaßt des emeritiert, net pangsioniert, des hob i dir doch scho oft erklärt, des hoaßt wega der Universität emeritiert, Erna."
Die Frau setzte noch einmal an. „Ja, oiso du bist doch scho so lang emi…, emigrier.., pangsioniert, des kon doch amoi a andra ….."
Der Mann schüttelte energisch seinen Kopf. „Naa, des konn koana außa mir, pack' mir mein' Koffer, i muaß ind' Mongolei fliagn !"

* * *

Wie die meisten Mongolen war Batdorj nicht besonders religiös. Man hält es für selbstverständlich, hie und da in irgendeinem Tempel ein Räucherstäbchen für die Ahnen zu opfern und toleriert jegliche in diesem Tempel exerzierte Glaubensrichtung, glaubt aber nicht nach einem festen ‚Katalog' wie zum Beispiel die christlichen Kirchen oder wie der Islam. Gleichzeitig erfahren Mönche in diesen Tempeln ein Höchstmaß an Respekt und Anerkennung, denn sie verzichten auf alle privaten Eitelkeiten und versuchen, in Demut und Opferbereitschaft zu leben mit dem Ziel, eine höhere Daseinsebene zu erreichen. Ein Missionieren wie bei Islam und Christentum, das womöglich sogar in Fanatismus umschlägt, ist unbekannt.

Batdorj war gerade unterwegs zu einem der bedeutenderen Tempel von Chowd-Aimag, der etwas außerhalb von Chowd lag und vor allem an den Wochenenden ein beliebtes Ziel der Bevölkerung war, allerdings gehörte es sich hier, zu Fuß in die Nähe des Tempels zu kommen und auf keinen Fall mit einem Kraftfahrzeug. Und so hatte er seinen Lada ein gutes Stück vorher ge-parkt und war den Rest des Weges gemütlich gewandert, eigentlich war ihm dies ganz recht, denn im Falle des gestohlenen Fluches war er noch keinen Millimeter weit vorangekommen, keine Spur, kein Lichtblick, kein Hinweis. In einem kurzen Anruf hatte ihm Kubilay aus Ulan Bator, mit dem er vor über einem halben Jahr hier in Chowd an einem Fall zusammengearbeitet hatte, zwar versichert, der Geheimdienst würde nichts verbergen sondern offen mit ihm, Batdorj, alle Notwendigkeiten besprechen, aber irgendwie kamen die ja auch nicht voran und wussten auch nichts besser. Den Grund, warum er unterwegs zum Tempel war, kannte er noch nicht, der Oberste der Mönche hatte bei der Polizeizentrale um den Besuch eines Beamten gebeten, und da schickte es sich natürlich nicht, einen kleinen Streifenpolizisten zu schicken, und so hatte Timur Batdorj damit beauftragt.

Als ob er es gewusst hätte, dass er genau jetzt käme, wurde Batdorj bereits auf den ersten Stufen des Tempels von einem Mönch empfangen und in den Tempel geleitet, vorbei an der riesigen Halle mit den unermesslich vielen, duftenden Räucherstäbchen, den prächtigen farbigen Bildern und Ornamenten an den Säulen und Seitenwänden, zog wie alle Besucher seine Schuhe aus, bekam aber im Gegensatz zu diesen von seinem Führer ein Paar Sandalen gereicht, und dann ging es über ein schmales Treppchen nach oben. In einem nicht allzu großen, aber gemütlich eingerichteten Zimmer erwartete ihn der Tempel-Vorsteher. Einen kleinen Moment fürchtete Batdorj, es würde eine peinliche Situation entstehen, denn der Tempelvorsteher verfuhr zur Begrüßung nach uralter mongolischer Sitte. Man reicht einem Gast als allererstes ein Geschenk, und der Gast beantwortet diese Freundlichkeit mit ebenfalls einem Geschenk. In früheren Zeiten war dies meist auf beiden Seiten der Trinkbecher, den ein Mongole stets am Gürtel hängen hatte, denn das Trinken ist für den Körper ja das Wichtigste, wichtiger als Schlaf oder Essen, und so war nie jemand damals um ein Geschenk verlegen, es wechselten ganz einfach die Trinkbecher ihre Besitzer und der Verpflichtung auf Gastfreundschaft war Genüge getan. Geld als Geschenk herzunehmen galt übrigens als Beleidigung.

Der Vorsteher nun schenkte Batdorj zur Begrüßung eine wunderschöne Teetasse, der man auf den ersten Blick schon ihren

Wert ansehen konnte, und einen kleinen Moment fürchtete also Batdorj, er würde nicht angemessen antworten können, denn mit dieser uralten Sitte hatte er keinesfalls gerechnet, aber wie gesagt nur einen Moment, nur so lange wie man einmal ein- und wieder ausatmet, denn der Vorsteher praktizierte nicht nur diese alte Sitte der Gastfreundschaft, er kannte wohl auch alle Regeln dazu. Denn wenn früher ein Gast arm war oder aus irgendeinem Grund, gleich welchem, kein Gegengeschenk dabei hatte, so steckte man ihm rasch eines zu, damit er auf keinen Fall das Gesicht verlöre, denn einen Gast zu demütigen kam für einen echten Mongolen niemals in Frage. Und so spürte Batdorj in seiner rechten Hand einen Gegenstand, den ihm der Mönch, der sein Führer war und nun neben ihm stand, blitzschnell dorthin gesteckt hatte. Es war dies eine kleine ElfenbeinFigur, über die, wie es die Sitte verlangte, sich der Tempelobere außerordentlich freute.

Nach höflicher Erkundigung nach dem Wohlergehen beiderseits erhielt Batdorj in das Tässchen frischen, duftenden Tee eingeschenkt, und während er in kleinen Schlücken trank, berichtete ihm der Vorsteher, was ihn bedrückte.

Es kam diesem nicht in den Sinn, über das Geschehene zu schimpfen oder die Diebe als Verbrecher hinzustellen, vielmehr äußerte er Verständnis für die Notlage, die wohl jemanden dazu getrieben hatte, des Nachts in den Tempel einzubrechen und etwas mitzunehmen. Es sei eben nur bedauerlich, dass es sich um etwas handele, das für die Mönche sehr kostbar war. Ja, und es war bereits vor längerer Zeit passiert, man habe mit sich gerungen und nun doch eben die Staatsgewalt informiert.

„Was bedeutet längere Zeit?" fragte Batdorj und ihm schwante schon was.

Der Tempel-Obere überlegte kurz und sagte dann : „Ja nun, das war wohl so vor drei Wochen." Er sah den Kommissar an und lächelte. „Ich weiß natürlich, dass diese Verzögerung für Ihre Arbeit nicht gut ist, aber wir im Tempel hier hatten uns beraten und waren der Hoffnung, dass sich bei den Dieben das Gewissen rührt und sie die Rollen wieder her bringen, aber das geschah nun eben nicht."

„Rollen?" Batdorj konnte sich im Moment nichts vorstellen.

„Es handelt sich um vier sehr alte Schriftrollen, die übrigens keiner von uns mehr lesen kann, denn was darin aufgezeichnet ist, ist mit Schriftzeichen geschrieben aus Zeiten vergangener Jahrhunderte, niemand von uns weiß, aus welchen." Er lächelte etwas verlegen. „Wenn ich diese Rollen als wertvoll bezeichne, dann, weil sie uns heilig sind als Hinterlassenschaften der Vorfahren."

„Es kann sie keiner mehr lesen?" Batdorj war erstaunt. „Dann frage ich mich, was die Diebe damit anfangen wollen. Könnte man sie vielleicht verkaufen, was weiß ich, an reiche Chinesen, die so was sammeln?"

Der Vorsteher verneinte. „Wer auf solchen Gewinn aus ist, der stiehlt keine Rollen, ich meine, so jemand würde eher vergoldete Figuren mitnehmen."

Er wiegte den Kopf langsam hin und her. „Wissen Sie, eigentlich habe ich das Gefühl, der oder die Diebe hatten es direkt auf diese Rollen abgesehen. Unverständlich bleibt mir dabei nur, wieso, denn es kann ja doch niemand den Inhalt entnehmen."

Batdorj kratzte sich am Kopf. „Aber das werden die Diebe doch vorher nicht gewusst haben?" zweifelte er. „Man stiehlt doch nicht etwas, mit dem man nichts anfangen kann, meinen Sie nicht?"

Er ließ sich noch den Tatort zeigen, aber nach drei Wochen war natürlich nicht die geringste Spur mehr vorhanden, täglich wurde der Tempel auf das Sorgfältigste gereinigt.

„Wir werden aufpassen und uns umhören," versprach er dem Tempel-Oberen und fügte etwas hinzu, an das er selbst nicht glaubte, „irgendwo wird man schon von den Rollen hören, und dann fassen wir die Diebe."

„Diese Prognose ist sehr freundlich von Ihnen," der Vorsteher verneigte sich, „dabei bitten wir darum, den Dieben zu verzeihen. Uns geht es nur um die heiligen Rollen, wenn wir sie wieder bei uns im Tempel wüssten, wären unsere Gebete hierzu erfüllt. Ich danke Ihnen für Ihren Besuch."

* * *

Sergej hatte von seinem russischen Vater neben dem Namen zwei hervorstechende Eigenschaften geerbt. Die eine war eine tiefe Liebe zur Kunst mit phantastischen Kenntnissen, egal ob Bildhauerei, Malerei oder Musik, er kannte sich überall aus, er wusste, welches Kunstwerk an welchem Ausstellungsort zu finden war, welcher Komponist für welches musikalische Opus verantwortlich zu machen war, und dies von Vergangenheit bis heute in die Neuzeit. Das zweite war eine ebenso gründliche Zuneigung zu dem Getränk, das allgemein in der Welt gültig ist für das ‚Russische' schlechthin.

Kam er mit einer Flasche Wodka in Berührung, so erwies er sich als begnadeter Säufer, begnadet ob der Menge, die er konsumieren konnte, ohne dass ihm seine Umgebung irgendeine Beeinträchtigung anmerkte. Für seine Arbeit als Polizist waren allerdings beide Erbgüter bisher gleich wenig wert gewesen.

Zur Zeit der Sowjetunion war es keine Seltenheit gewesen, dass ein russischer Beamter mit einer Mongolin Kinder in die Welt setzte, manche der Männer heirateten sogar und blieben bei Frau und Kind, viele aber verschwanden nach Ablauf ihrer Tätigkeit oder ihres Auftrages wieder zurück in ihre russische Heimat, so auch Sergejs Vater, als der Sohn dreizehn Jahre alt war. Naturgemäß fanden sich solche jungen Mongolen mit russischen Vätern und russischen Namen gern zu Freundeskreisen zusammen, und manche Freundschaften hielten beständig. Einen solchen Freund, Pjotr, hatte Sergej, und ziemlich regelmäßig einmal im Monat trafen sie sich und leerten dabei manche Wodkaflasche.

Bei dem gestrigen Treffen hatte Pjotr, der am Rande des nördlichen Gewerbegebietes eine kleine Buchbinderei betrieb, erzählt von merkwürdigen neuen Nachbarn. Eine Zeit lang war die Autowerkstatt gegenüber leer gestanden, es fand sich kein neuer Mieter oder sogar Käufer, denn alles war ziemlich heruntergekommen und hätte wohl einen großen Posten an Renovierungs- und damit Geldeinsatz gekostet. Plötzlich aber, wenn Pjotr es recht bedachte, war es über Nacht geschehen, plötzlich aber war Leben in dieser Bude gewesen, aber ein Leben, dem er keine Gesichter zuordnen konnte. Kein neuer Nachbar hatte sich ihm vorgestellt, niemand war tatsächlich zu sehen, denn es ging nur das

Garagentor auf und ein Auto fuhr hinaus oder hinein. In diesem Auto saßen meist zwei oder drei Männer, nie aber so, dass man die Gesichter erkennen konnte.

„Du als Polizist kennst ja garantiert," sagte Pjotr zwischen zwei Wassergläsern voll Wodka, „das Gefühl, dass bei jemanden etwas überhaupt nicht stimmt. Kannst du nicht mal nach dem Rechten sehen?"

Und so hatte Sergej heute Vormittag, als er mal etwas Luft und Ellbogenfreiheit gehabt hatte, sich in der Stadtverwaltung erkundigt, wer in dieser ehemaligen Werkstatt sein Gewerbe neu angemeldet hätte.

„Niemand," war die Antwort, „ganz im Gegenteil, für dieses Gebäude ist der Abriss beantragt, so in vier, fünf Wochen soll's losgehen."

Daraufhin fuhr Sergej zu Pjotr, ließ sich sicherheitshalber das richtige Haus beziehungsweise dessen Tor zeigen und marschierte hinüber.

Auf das erste Klopfen reagierte niemand. Sergej wartete eine Minute und schlug dann energisch mit der Faust an das Tor, wobei er rief: „Polizei! Machen Sie auf!", denn er hatte nun Schritte und leise, unverständliche Stimmen drinnen gehört.

Was dann geschah, ließ Pjotr vor Schreck erstarren, zu seinem Glück stand er in der halb geöffneten Tür und sah alles ohne selbst in Gefahr zu geraten.

Schüsse krachten, Holz- und Metallsplitter flogen durch die Luft und es riss Sergej von den Beinen. Entsetzt sah Pjotr, wie sein Freund sich halb wieder aufrichtete und in seine Richtung sah, aus dem Mund lief ein kleines rotes Rinnsal und Sergej schien ihm etwas zurufen zu wollen, brach aber nach zwei weiteren Schüssen endgültig zusammen. Pjotr konnte im

Nachhinein nicht im Mindesten erklären, was er wie daraufhin gemacht hatte, er musste wohl einen Sprung auf die Straße getan und seinen Freund trotz weiterer Schüsse ins Haus gezogen haben. Er wusste später nur noch, dass er die Tür verriegelt, ans Telefon gelaufen war und den Notruf gewählt hatte.
Als sich eine Frauenstimme meldete, keuchte Pjotr : „Schnell, ich brauche Hilfe ! Sergej ist zusammengeschossen worden !"
Die freundliche Stimme am anderen Ende fragte daraufhin : „Wer sind Sie ? Von wo rufen Sie an ? Um welchen Sergej geht es ?"
„Na, euer Sergej," stammelte Pjotr, „euer Kommissar Sergej ! Ich hab' Angst, er stirbt !" Und er fügte rasch seine Adresse an.
Es kann auf dieser Welt passieren, was will, kein Polizeieinsatz läuft mit einer solchen Geschwindigkeit und Energie ab wie der, bei dem der Funkspruch lautet : „Kollege in Not !"
Pjotr hatte das Gefühl, er hätte gerade erst das Telefon wieder aus der Hand gelegt, als er auch schon Polizeisirenen hörte. Wer auch immer in der Nähe gewesen war, ließ alles stehen und liegen, ob Streifenbeamte bei normaler Routinefahrt, ob Verkehrspolizisten, die gerade auf einer Kreuzung den Verkehr regelten, ob Kriminalbeamte, die in der Nähe einen Einbruch zu bearbeiten hatten.
Batdorj lenkte eben seinen Lada in den Hof der Polizeizentrale, als er den Funkspruch hörte. Er riss das Steuer herum, fuhr die glücklicherweise erst vor fünf Minuten geleerte Mülltonne, die rechts stand, um und raste los Richtung Gewerbegebiet. Als er an die Zufahrt dazu hinkam, sah er schon von weitem, dass dort ein heilloses Gedränge

herrschte und ein Krankenwagen, der gerade einfuhr, nur im Schritttempo vorankam. Ein zweites Mal machte er eine blitzschnelle Kehrtwende und raste die Straße entlang, die zum kleinen Flughafen von Chowd führte, denn dort gab es noch eine Möglichkeit, über das Vorfeld zur Anbindung Gewerbegebiet zu kommen, ein uralter Betonweg mit breiten Rissen, den die Lastwägen nutzten und der einem PKW kaum zu empfehlen war. Egal, wie breit ein Riss auch wäre, sein Lada mit Allrad würde durchklettern - ja, würde, wenn er könnte. Konnte er aber nicht, denn ein Lastwagen stand haargenau am Zugang zum Gewerbegebiet quer. Batdorj blieb mit quietschenden Bremsen stehen, zehn Meter weiter als geplant, na ja, uralte russische Bremsen, fluchte laut und sprang aus dem Auto. Vielleicht steckte der Schlüssel, dann könnte er die Karre …..

Der Schlüssel steckte wirklich, aber davor, auf dem Fahrersitz, saß zusammengesunken der Fahrer, mit weit aufgerissenen Augen und einem Loch in der Schläfe, aus der das Blut noch tropfte, noch nicht lange tot also.

Verdammte Scheiße, verfluchte Kamelscheiße, wegfahren kam nicht mehr in Frage, hier war ein Mord geschehen. Er konnte, nein, er durfte nichts anrühren. Er lief zu seinem Wagen, sprang hinein und raste die gesamte Strecke zurück. Der Ansturm hatte sich noch nicht gemildert, aber zwei junge Verkehrspolizisten hatten sich mittlerweile des Nadelöhrs angenommen, der eine sorgte auf der linken Seite dafür, dass kein Auto mehr das Gewerbegebiet verlassen konnte und lenkte alle, die wegfahren wollten, auf das große Grundstück einer Spedition, der andere regelte die Zufahrt. Batdorjs Auto winkte er sofort durch und wies ihm mit der Hand, wie er am besten durchkäme.

Endlich am Ziel angekommen übernahm er sofort das Kommando. Sergej wurde gerade von den Sanitätern auf eine Bahre gelegt, Batdorj warf einen Blick auf ihn und ihm wurde schlecht, aber er nahm sich zusammen. Drei Verkehrspolizisten, die dastanden und zusahen, schickte er los, sie sollten sofort dafür sorgen, dass für den Krankenwagen die Straße aus dem Gewerbegebiet freigemacht wurde. Jemand zupfte ihn am Ärmel und rief : „Dort im Haus ist der Anrufer. Wollen Sie mit ihm reden ?"

Von Pjotr, der nach wie vor leichenblass war und wie vorher am Telefon mehr stotterte als sprach, ließ er sich die Zusammenhänge erklären. Dann hastete er hinüber zur alten Autowerkstatt. Vier Mann der Kriminalpolizei, die eigentlich wegen zwei verschiedenen Einbrüchen in der Nähe unterwegs gewesen waren und beim Notruf alles abgebrochen hatten, hatten das Gebäude inzwischen mit gezogenen Waffen gestürmt und nach Sergejs Angreifern durchsucht. Allerdings erfolglos, wie sie Batdorj berichteten, denn im verwahrlosten Hinterhof gab es ein zwar verrostetes und verbogenes Tor, das aber weit offen stand und so offensichtlich die Flucht ermöglicht hatte zum alten Betonweg Richtung Flughafen.

Alter Betonweg ? Verdammt, jetzt fiel Batdorj der Lastwagen mit dem toten Fahrer wieder ein. Wer immer diese Scheißkerle gewesen waren, die Sergej niedergeschossen hatten, die Geschichte mit dem Lastwagen sollte wohl eine schnelle Verfolgung verhindern. Rasch beorderte er diese vier Kriminalbeamten zum Lastwagen, sie sollten diesen Tatort bewachen, bis die Spurensicherung einträfe.

Zwei-, dreimal flatterte ihm der unruhige Gedanke durchs Hirn, ob Sergej wohl schon tot war, aber er kam nicht wirklich zum Grübeln. Er musste sich um zu viel kümmern. Und dann klingelte auch noch sein Handy.

„Ja ?" brüllte er ungehalten hinein, während er gleichzeitig mit der rechten Hand versuchte, die Anweisung, die er gerade geben wollte, als Zeichen zu vollenden. In der Leitung war Thien, die Chefin der Geheimdienstgruppe. Sie befand sich mit Auto und drei Kollegen an der Zufahrt zum Gewerbegebiet, wurde aber von den Verkehrspolizisten dort nicht durchgelassen.

Bei dem Gedanken ‚Geheimdienst' schossen ihm im selben Moment zwei Sachen durch den Kopf, die ihm gleichzeitig wieder Magenschmerzen verursachten : Steckten hinter den Schüssen auf Sergej die Verantwortlichen der Attentate ? Das Übel im Magen stieg bis in seine Kehle hoch. Die Schüsse ohne Warnung, und dann, ja doch, die brutale Art mit dem ermordeten Lastwagenfahrer als Hindernis für eine Verfolgung. Kein ihm in Chowd-Aimag bekannter Verbrecher passte zu solchem Handeln. Und wäre das dann jetzt nicht eine gute Einsatzmöglichkeit für die Geheimdienstleute ? Die alte Autowerkstatt durchsuchen ? Die fünf Mann, die die Chowder Spurensicherung hatte, waren ja sowieso schon unterwegs zum Lastwagen.

„Geben Sie mir einen der Polizisten," sagte er zu Thien, „ich sorge dafür, dass Sie durchgelassen werden, und dann hab' ich eine dringende Aufgabe für Ihre Leute."

* * *

Am nächsten Morgen machte sich Batdorj nach einer kurzen Nacht, nach einer Auseinandersetzung mit seiner Frau Narantsetseg und nach einem ausgiebigen Frühstück auf den Weg zur Zentrale, Timur würde schon begierig auf seinen Bericht warten. Die Nacht war kurz, weil alle Untersuchungen und Befragungen im Gewerbegebiet fast bis Mitternacht gedauert hatten, seine Frau war sauer, da er nun schon geraume Zeit seine schlechte Laune deutlich vor sich herschob, und das Frühstück fiel sehr ausführlich aus, weil Narantsetseg der Meinung war, Frust und schlechte Laune zu bekämpfen bedarf einer ordentlichen Ernährungsgrundlage. Während der Fahrt rief er mit seinem Handy im Krankenhaus an, um sich nach Sergej zu erkundigen, bekam aber keinerlei Auskunft, Polizei hin oder her, schuld daran war dieser neumodische Hang zu dem sogenannten Datenschutz.
Kurz klopfte er an Timurs Tür und trat sofort ein. Der Polizeipräsident thronte wie immer hinter seinem wuchtigen Schreibtisch, und auf der breiten Ledercouch saß ein älterer Herr, den Batdorj hier noch nie gesehen hatte.
„Oh, Entschuldigung," sagte er und wollte wieder aus dem Zimmer gehen, da forderte ihn Timur auf hereinzukommen.
„Gut, dass Sie kommen, Batdorj," rief Timur und winkte ihn energisch zu sich her, „wir haben Besuch."
Wir ? Batdorj schloss einen Moment seine Augen. Wir haben Besuch ? Doch bloß du, ich hab' jetzt wirklich keine Zeit zum Palavern oder womöglich um den Fremdenführer zu machen.

„Das ist Professor A-lo-is," Timur hatte jede Silbe eigens betont und zeigte auf den älteren Herrn, dann beugte er sich zu Batdorj und flüsterte kichernd : „Der ist ein Baior."
„Ein Baior ?" fragte Batdorj ratlos. „Ein Krückstock ?"
In früheren Zeiten, als es noch keine Kraftfahrzeuge gegeben hatte in der Mongolei, da gab es den Daschior und den Baior. Jeder junge Mann sehnte damals die Zeit herbei, in der er ein eigenes Kamel oder womöglich ein eigenes Reitpferd hätte, und dazu gab es den Daschior, den Reitstock. Hatte also ein Mongole einen Daschior am Gürtel hängen, dann wusste jeder, aha, das ist ein stolzer Besitzer eines Reittieres. Einen Baior hingegen hatten Krüppel, die nicht mehr richtig laufen konnten, also etwa eine Krücke, oder die ganz Alten, die humpelten mit einem Holzprügel, der eben auch Baior hieß, durchs restliche Leben. Und dieser Besuch, dieser ältere Herr, sollte also ein solcher Baior sein ? Batdorj verstand nicht, was sein oberster Chef meinte.
„Ich bin kein Baior," der ältere Herr hatte sich erhoben und offensichtlich gute Ohren, „ich bin ein Bajor, ich komme aus dem Bajorland."
Batdorj musste noch ratloser als vorher geschaut haben, denn der Besucher lächelte belustigt und erklärte : „Bajorland ist eine Provinz in dem europäischen Staat Deutschland, ich bin also ein Bajor, aber eben mit ‚j' geschrieben, nicht mit ‚i'."
Deutschland ? Das kannte Batdorj aus den Nachrichten und auch noch aus dem Erdkundeunterricht in der Schule. Und dieser Baior, nein, dieser Bajor kam von so weit hierher ? Und vor allem ….
„Wieso sprechen Sie fließend Mongolisch ?"

„Sie sind und bleiben ein Kunstbanause," warf Timur tadelnd ein, „haben Sie denn noch nie etwas von Professor A-lo-is gehört?" Dann beugte er sich wieder zu Batdorj vor und flüsterte : „Der spricht besser mongolisch als Sie und ich. In den dreißig Minuten, in denen er hier ist, hat er mich schon zweimal verbessert. Wegen der Grammatik, verstehen Sie, Batdorj?"

Der ältere Herr lächelte und fügte hinzu : „Ich habe zehn Jahre lang an der Universität von Ulan Bator gelehrt. Nachdem mein Spezialgebiet mongolische und chinesische Geschichte ist, und zwar mit Hauptaugenmerk auf die Zeit Dschingis Khans, war es für mich auch notwendig und selbstverständlich, mich mit den Sprachen zu befassen. Chinesisch," er hob entschuldigend beide Hände, „beim Chinesischen kann ich allerdings nur den Dialekt, der an der Grenze zur Mongolei gesprochen wird."

„Und Professor A-lo-is war damals auch öfters in Chowd," mischte sich wieder Timur eifrig ein, „das stand doch immer in der Zeitung, er war und ist der anerkannte Fachmann für den Fluch."

„Ich les' nicht gern Zeitung," murmelte Batdorj. Dann fiel ihm etwas auf. Fachmann für den Fluch ? „Dann wissen Sie, was da drin steht? Sie haben es gelesen?"

„Leider nicht," bedauerte der Professor, „leider war es auch mir niemals erlaubt, den Schrein mit dem Fluch zu öffnen. Nein, ich habe mich nur mit allem, na sagen wir mal, mit allem Außenrum zum Fluch beschäftigen können."

„Ah so, ja, also dann muss ich wieder ….." Batdorj hatte nun endgültig jegliches Interesse an dem ausländischen Besucher verloren, perfektes Mongolisch hin oder her. Aber Timur hielt ihn zurück.

„Nichts da, Batdorj," rief er, „bleiben Sie ! Das Innenministerium befürwortet ausdrücklich, dass wir bei unseren Ermittlungen auf die Kenntnisse des Professors zurückgreifen. Er wird dankenswerterweise mit uns zusammenarbeiten, und ich bin sicher, er wird eine wertvolle Unterstützung sein."

Batdorj kratzte sich am Kopf und fragte zweifelnd : „Wie sollte das gehen ? Er ist doch kein Polizist. Die Geschichte des Fluches haben Sie, Timur, mir ja bereits erzählt, und was gäbe es da noch weiter ? Zumal der Professor ja auch nicht weiß, wie der Fluch lautet."

„Wenn die Zeitung erfährt," wandte der Polizeipräsident ein, „dass der Professor wegen des Fluches wieder hierher zurückgekehrt ist, und wenn dann auch nur halb so oft wie früher über ihn berichtet wird und damit im Zusammenhang auch über uns, dann …."

„Ich weiß," fiel ihm Batdorj ins Wort, „das würde positive Öffentlichkeitsarbeit darstellen." Ergeben setzte er hinzu : „Also gut, von mir aus. Ich kann mir zwar nicht vorstellen wie, und ich weiß auch nicht recht, Timur, ob ich überhaupt dafür Zeit hab', aber von mir aus."

Der Professor, der sich inzwischen wieder hingesetzt hatte, lächelte wieder. „Seien Sie unbesorgt," sagte er in ruhigem Ton, „ich werde Sie nicht nerven und ich werde Ihnen nur das Notwendigste an Zeit stehlen. Und ich bin mir sicher, dass ich in irgendeiner Weise helfen kann. Ich bitte nur darum, dass Sie, sobald sie etwas Zeit für mich haben, mir berichten, was bisher passiert ist."

Batdorj brummte etwas Unverständliches als Antwort, und so beeilte sich Timur, dem Professor zu versichern : „Selbstverständlich wird Batdorj dies machen, selbstverständlich. So viel Zeit hat er schon. Es liegt ja schließlich in unsrer aller Interesse, nicht wahr ?"

* * *

Thien war eine intelligente und agile Geheimdienstmitarbeiterin, sonst hätte sie es in dieser Männer-Domäne nicht zur Einsatzleiterin gebracht. Sie war tüchtig und hatte bei allen Aufgaben das wichtige Quentchen Glück, das zum Erfolg notwendig war, aber dieses Mal war sie nicht nur unzufrieden, nein, dieser Einsatz war ihr unangenehm. Eine so offene Zusammenarbeit mit der Polizei war sie nicht gewohnt, und dieser offensichtlich stets mies gelaunte Kommissar Batdorj, den empfand sie als Zumutung. Müsste der nicht dringend daran interessiert sein, sich von ihr berichten zu lassen, was das Ergeb-nis der gestrigen Durchsuchung war ? Müsste der sich nicht regelmäßig mit ihr absprechen ? Jetzt war sie gerade in seinem Büro gewesen, aber der Kerl war nicht da. Nahm der die Geschichte oder vielleicht sogar sie als Frau nicht ernst ? Zudem könnte sie sich vorstellen, dass es für die Ohren Batdorjs doch wohl hörenswert war, was sie in der Sache des zusammengeschossenen Kommissars unternommen hatte. Nein, das war kein Arbeiten für sie, hoffentlich reagierte Fanito auf ihren Antrag.

In diesem Moment kam Batdorj die Treppe herunter.

„Sie wollten zu mir, Thien ?" fragte er.

Sie versuchte ihren Unmut zu dämpfen und antwortete : „Der Bericht über die Durchsuchung wird Sie interessieren und genauso, was ich wegen Sergej unternommen habe."
„Wegen Sergej ?" Batdorj hielt ihr die Tür zu seinem Büro auf und rückte ihr einen Stuhl an seinen Schreibtisch. „Ich hatte vorhin versucht, im Krankenhaus Auskunft zu bekommen, aber Sie wissen ja, dieser Datenschutz. Ich werd' nachher mal hinfahren."
„Das können Sie bleiben lassen," Thien setzte sich. „Ich habe heute morgen schon mit dem zuständigen Arzt telefoniert. Sergej geht es sehr schlecht, die wissen im Krankenhaus nicht, ob sie ihn durchbringen. Deswegen ...."
„Telefoniert ?" unterbrach sie Batdorj sichtlich verärgert, „und Ihnen hat man Auskunft erteilt ? Unterliegen Sie nicht dem Bla-bla-bla-Datenschutz?"
Thien verzog keine Miene. Hoffentlich erreichte sie bei Fanito etwas. „Ich habe so meine Methoden, aber hören Sie, das ist ja nicht wichtig, wichtig ist, dass ich in Ulan Bator dafür gesorgt habe, dass man Sergej mit einem Spezial-Hubschrauber in das Militär-Lazarett fliegen wird. Dort sind die besten Ärzte, dort hat er eine Chance."
Batdorjs Gesichtsausdruck wechselte, er war sichtlich überrascht. Er starrte Thien an und alles, was er zu sagen wusste, war „Äh so ?"
Sie konnte es sich nicht verkneifen zu antworten : „Ja, äh so, und interessiert Sie jetzt mein Bericht ?"
Irgendwie klang dieser Tonfall so wie der von seiner Frau heute Nacht. Wieder zeichnete sich in seinem Gesicht deutlich Ärger ab, den Thien aber nun falsch interpretierte, denn Batdorj ärgerte sich nicht über sie, sondern darüber, dass in

ihm so eine Art Schuldbewusstsein aufgestiegen war, und er wusste doch gar nicht, weswegen er sich so fühlen sollte. Auf alle Fälle wurde er etwas vorsichtiger.

„Ich bitte darum," sagte er um einiges freundlicher als die Miene seines Gesichtes aussagte, „selbstverständlich bin ich froh, dass Sie gestern diese Aufgabe übernommen haben. Ich bin ganz Ohr."

Thien setzte sich auf dem unbequemen, hölzernen Stuhl zurecht. „Also ich würde mit neunzigprozentiger Sicherheit sagen, dass Sergej genau die Leute aufgescheucht hat, die hinter den Anschlägen stecken. Wir haben genug Sprengstoff und die dazugehörige Ausrüstung für fünf bis sechs weitere Anschläge gefunden. Wenn es in Chowd nicht eine andere Bande gibt, die mit solchem Material umgeht, und das müssen Sie als zuständiger Polizist hier beurteilen können, dann waren das mit Sicherheit unsere Zielpersonen. Die Hinterlassenschaften weisen auf vier, höchstens fünf Personen hin. Bei den Gerätschaften handelt es sich um ausnahmslos Apparate aus chinesischer Produktion, es könnte zwar sein, dass jemand bewusst diese Dinge aus China besorgt hat, aber in der kleinen Sanitärkammer der Autowerkstatt lagen verschiedene Dinge wie Rasierer, Deo-Sprays, Pflaster und so weiter, und auch diese Dinge stammen eindeutig aus China, an manchen klebt sogar noch das chinesische Preis-Etikett. Ebenso ist es mit Konserven und anderen Lebensmitteln, die in der Eile natürlich weder vernichtet noch mitgenommen werden konnten, nichts hier in der Mongolei gekauft, sondern alles aus China. Es ist also mit ebenfalls neunzigprozentiger Sicherheit davon auszugehen, dass es sich um eine chinesische Bande handelt."

Batdorj überdachte einen Moment das Gesagte. „Gute Arbeit," meinte er dann, „sehr gute Arbeit. Nein, hier in Chowd-Aimag kommt meiner Einschätzung nach niemand für die ganze Geschichte in Frage, der Gedanke an eine chinesische Bande macht durchaus Sinn. Da haben wir schon einige Erfahrungen machen müssen mit chinesischen Kriminellen, ist ja auch klar, so nah wie die Grenze ist. Nochmals, gute Arbeit. Von dem Fluch haben Sie wohl nichts gefunden?"

Thien schüttelte den Kopf. „Diese Leute haben jede Sekunde zur Flucht nützen müssen und kaum was mitnehmen können, aber so was lassen sie ganz bestimmt nicht liegen."

In diesem Moment klopfte es kurz an der Tür und Tüti schaute herein.

„Ah, du bist da, Batdorj." Sie trat ein und grüßte Thien mit einem Kopfnicken. „Du wirst dich freuen, wir haben eine wichtige Spur. Die Spurensicherung hat gestern beim Lastwagen zwischen Fahrersitz und – wie heißt das gleich – ich glaub' Kardantunnel, also da lag ein ziemlich neues Handy. Und dass es dem Fahrer gehört, ist mehr als unwahrscheinlich, wahrscheinlich saß einer von den Gangstern auf dem Beifahrersitz, als sie den Fahrer zwangen, den Laster quer zu stellen, und dem ist das Ding vielleicht aus der Tasche gerutscht. Und jetzt stell dir vor: Es hat eine chinesische SIM-Karte, und sämtliche bisher geführten Telefonate haben eine einzige Nummer als Ziel, nämlich eine in unserem lieben Nachbarland."

„Dann muss ich mich korrigieren," meinte Thien, „ich muss wohl statt neunzigprozentiger Sicherheit erhöhen auf hundert Prozent."

Batdorj nickte.

Thien erhob sich. „Ich mach mich gleich dran, herauszufinden, welche Adresse zu der angerufenen Nummer gehört. Das dürfte kein allzu großes Problem darstellen. Und danach ruf' ich bei Fanito an und beantrage eine Kontrolle, die muss aber der Auslandsgeheimdienst erledigen, unsre Leute dürfen ja nur im Inland."

* * *

Es war keine gute Zeit für Bruder Andreas gewesen. Wollte Gott ihn prüfen ? Hatten die anderen Märtyrer ebenso viel erdulden und erleiden müssen ? Als er bei diesen Gedanken unbewusst laut seufzte, bekam er den nächsten Hieb von Temudschin, dem Sohne Dschingis Khans. Diesmal traf es ihn am rechten Ohr, und das schmerzte höllisch. Und bevor er noch über dieses Ungemach weiter zu sinnen vermochte, stieß ihn der hinter ihm stehende Leibwächter des kommenden Khans mit seiner knochigen Faust in den Rücken und flüsterte dabei wütend : „Willst du in der Runde der Krieger wohl dein Maul halten, du bartloses Weib !"
Eine eigene Schrift kannten diese Barbaren ja nicht und also gab es auch bei den Mongolen keinen ihm vergleichbaren Mann, der niederschreiben hätte können, was in dieser Horde besprochen und danach vom Khan festgelegt wurde. Sehr schnell hatte der listige und äußerst gescheite Dschingis Khan erkannt, welchen Wert ein Gefangener wie dieser Mönch hatte allein auf Grund der Fähigkeit, lesen und schreiben zu können. Und so stand er nun bei allen Beratungen, Verhandlungen und Besprechungen stets in der Nähe des

Weltenherrschers, wie dieser sich selbst nannte, und musste alles genau verfolgen und anschließend in kurzer, für diese Barbaren verständlicher Form aufnotieren. Dies wiederum konnte er eben nur in der Sprache der Kirche, also in Latein, erledigen, und aus dem Zwang des dauernden Hin- und Herübersetzens war Bruder Andreas das Mongolische so in Gehirn und Blut übergegangen, dass er in drei Sprachen denken und reden konnte, in seiner Muttersprache, in Latein und in dieser Barbarensprache.

Man könnte also folgern, dachte Bruder Andreas bitter, er wäre ein wichtiger, unentbehrlicher Mann. Unentbehrlich? Ja, gewiss. Aber wichtig? Er war doch nichts als ein Sklave, und als Mann Gottes, der eigentlich dessen Wort verkündigen sollte, völlig wertlos zwischen all diesen rohen, ungebildeten Gesellen. Vielleicht hatte Gott wirklich im Sinn, aus ihm hier einen Märtyrer werden zu lassen? Geschlagen und geschunden bei jeder Gelegenheit, verspottet und gedemütigt, so oft es nur ging. Dankte ihm jemand für seine Leistungen, die doch in diesem wilden Volk nicht ein einziger dieser Krieger erbringen konnte, dankte ihm jemand dafür?

Im nächsten Moment bekam er einen solch heftigen Schlag in den Rücken, dass er unter dem Gelächter der Stammesfürsten, die heute hier versammelt waren, in deren Mitte zu Boden stürzte und zusätzlich noch einige Tritte abbekam. Sofort danach riss ihn Temudschins Leibwächter wieder hoch.

„Hörst du gefälligst auf das, was der Khan sagt?"

Bruder Andreas wischte sich mit dem Ärmel den Dreck aus dem Gesicht und sah zum Beherrscher der Welt.

Die Stammesfürsten hatten dem Vorschlag Dschingis Khans zugestimmt, einen neuen Vorstoß zu unternehmen nach

Westen, Unsicherheit, Tod und Verderben zu bringen unter die Völker am Rande des mongolischen Einflussgebietes. Reiche Beute in Aussicht, das war schon immer der Ansporn gewesen für die tapfersten Krieger der Welt, und was sich auf keinen Fall einschleichen durfte in deren Reihen, das war Müßiggang und Langeweile.

„Ich bin es nicht gewohnt, etwas zweimal sagen zu müssen, Bruder Andareas," die Stimme des Khans war ebenso giftig wie sein Gesicht, „wenn das noch einmal vorkommt, lass' ich dich an den Beinen einen Tag lang an einen Baum hängen, damit dir deine Säfte ein bisschen mehr in deinen Kopf steigen."

Der Mönch fiel auf die Knie und senkte den Kopf, er wusste, dass die Wut des Weltenherrschers am ehesten durch Unterwerfung gemildert wurde, und verharrte still so.

In seinem Inneren aber loderte der Hass. Irgendwann und auf irgendeine Weise musste ihm Gott eine Möglichkeit aufzeigen, sich rächen zu können. Sich rächen zu können an diesen grausamen, heidnischen Barbaren. Irgendwie würde ihm das gelingen.

* * *

„Eine chinesische Bande ?" Timurs Stimme klang nicht sonderlich interessiert. „Eine chinesische Bande ? Aber was spielt das für eine Rolle ? Der Fluch, der ist doch das Entscheidende, Batdorj, der Fluch, und wer weiß, was der noch alles anrichten wird."

Batdorj sah von Timur zu Professor A-lo-is und danach wieder zu Timur.

„Gewiss, der Fluch," nickte er, „aber schließlich bedeutet Polizeiarbeit ja, die Verantwortlichen zu finden und unschädlich zu machen. Außerdem stört es mich gewaltig, wenn ich daran denke, dass Kriminelle aus der Grenznachbarschaft sich auf unser Gebiet verlegen." Nun sah er wieder zum Professor.

„Und dieser Fluch, der macht ja wohl nichts von alleine, da sind doch wohl die schuld, die ihn geklaut haben und sich und ihre Anschläge dahinter verstecken."

Der alte Herr antwortete nicht gleich, er schien zu sinnieren.

„Sagen Sie, Kommissar," meinte er dann, „ist denn in der Zeit, als der Fluch gestohlen wurde, also einige Zeit davor und auch danach, ist denn da hier in Chowd-Aimag nichts Ähnliches passiert ? Verstehen Sie, was ich meine, irgendetwas, das zum Fluchdiebstahl passen würde ?"

„Was Ähnliches ?" Batdorjs Laune war wieder in großer Gefahr, arg abzusinken, „Sie meinen, ob noch irgendwo ein Fluch gestohlen wurde ? Meines Wissens nach nicht, denn die Mongolei ist trotz allem kein Märchenland."

„Batdorj," mahnte der Polizeipräsident und schüttelte dabei den Kopf, „Sie nehmen die Sache immer noch nicht ernst, bei jeder Gelegenheit demonstrieren Sie Ihren Unglauben und reden ....."

„Moment," fiel ihm Batdorj ins Wort und hob den Zeigefinger der rechten Hand in Richtung des Professors, „Moment, jetzt fällt mir was ein, meinen Sie so was : In einem Tempel sind nämlich vor drei Wochen vier alte Schriftrollen gestohlen worden. Meinen Sie das ?"

„Ja, genau," freute sich der alte Mann und sprang auf wie ein junger Hüpfer, „das passt, ja, das passt genau. Es ist nämlich so," erklärte er eifrig, „ich hatte mehrmals an der Universität von Ulan Bator ein Seminar zum Thema *Fluch des Dschingis Khan*, und ich kann mich erinnern, dass wir einmal, ich weiß allerdings nicht mehr aus welchem Grund, also dass wir einmal darüber diskutierten, warum eigentlich nie jemand versucht hatte, den Fluch zu stehlen, und da war damals ein chinesischer Gaststudent, da erinnere ich mich noch genau, und der sagte, wenn er den Fluch stehlen würde, dann würde er zuvor andere mongolische Schriften oder Überlieferungen stehlen, um den Fluch leichter entziffern zu können mit Vergleichsmaterial, denn tatsächlich weiß ja kein Mensch, ob der Fluch damals wirklich in der Sprache der christlichen Kirche niedergeschrieben wurde oder vielleicht doch in anderen, frühzeitigen Zeichen."

Außer Atem nach dieser langen Rede ließ sich Professor A-lo-is wieder auf das Sofa plumpsen.

Jetzt kam die Geschichte offenbar ins richtige Gleis, Batdorj horchte auf.

„Ein chinesischer Gaststudent? Da werden Sie wohl nach so langer Zeit keinen Namen mehr wissen, oder?"

„Natürlich nicht," der Professor lächelte, „aber das bekomme ich im Handumdrehen heraus. Über alle Seminare werden an der Universität ganz genauso Protokolle geführt wie über die Studenten, die sich im zutreffenden Semester eingeschrieben haben, na und chinesische Gaststudenten, da hatten wir pro Semester nicht mehr als vier oder fünf, nein, nein, das dürfte kein Problem werden festzustellen, wie diese Chinesen hießen."

Der alte Herr freute sich sichtlich, als er sah, wie sich Batdorjs Gesichtsausdruck nun wandelte, von griesgrämig hin nach, na ja, noch nicht fröhlich, aber immerhin hoffnungsfroh.
In diesem Moment klopfte es kurz an der Tür und ohne eine Aufforderung trat ein junger Mann ein, der mit seinem Erscheinen auf drei Gesichtern drei verschiedene Mienen hervorrief. Timur schaute völlig überrascht, Batdorj war richtige Freude anzusehen und der Professor hatte Mühe, seine Gesichtszüge unter Kontrolle zu halten, so sehr war er schockiert. Wer nämlich Gökhan zum ersten Mal sah, war stets unangenehm berührt, denn der junge Mann besaß ein ziemlich abstoßendes Gesicht, eigentlich war er so hässlich, dass es fast schon wieder faszinierend war. Er gehörte dem Geheimdienst an und hatte vor einem halben Jahr hier in Chowd Kommissar Batdorj eine Zeit lang zum Rasen gebracht, bis sich herausstellte, dass er nichts anderes tat, als Batdorj in die Hände zu arbeiten.
„Gökhan," rief Batdorj und trat auf den jungen Mann zu, „was machen Sie denn hier? Ist Kubilay auch da?"
„Leider nein," Gökhan begrüßte erst den Kommissar, dann Timur und als drittes den Professor, „Kubilay ist in Ulan Bator unabkömmlich. Thien ist auf ihre Bitte hin gegen mich ausgewechselt worden. Und Sie sind wohl der berühmte Professor A-lo-is? Von der Innenministerin weiß ich, dass Sie uns hier helfen wollen. Freut mich, Ihre Bekanntschaft zu machen."
„Ojuncaral? Oh, das war eine meiner Lieblingsstudentinnen, allerdings nur zwei Semester lang, dann entschied sie sich, auf Jura umzusteigen. Na ja, ist ja wohl für eine Ministerin auch eine bessere Grundlage."

„Schön," Batdorj erinnerte sich, dass er noch einiges zu erledigen hatte, „ich schlage vor, wir verlieren keine Zeit, und ich gebe Ihnen, Gökhan, einen Überblick über alles, was bisher los war."

Doch der winkte ab. „Nicht nötig, Batdorj, Thien hat mich genauestens informiert. Wollen wir nicht lieber in Ihr Büro gehen und weitere Strategien besprechen?"

Batdorj nickte, und Timur sagte: „Und wir beide, Professor Alois, wir beide begeben uns jetzt zu einem anständigen mongolischen Frühstück. Denn wenn ich Batdorjs Bericht richtig verstanden habe, dann haben wir den Dieben des Fluches immerhin schon mal auf die Finger geklopft und sie sicher für eine Zeit, ha ha, wie sagt man so schön, auf Eis gelegt."

Der alte Herr wartete mit einer Antwort, bis der Kommissar und der neue junge Mann den Raum verlassen hatten. „Faszinierend," sagte er dann zu Timur, „dieser Gökhan ist faszinierend. Wissen Sie, wie der in meinen Augen aussieht? Wie ein altgedienter Kämpfer Dschingis Khans, der schon etliche Blessuren abbekommen hat und mit einer Zeitmaschine von damals in die heutige Zeit versetzt worden ist. Wenn ich Regisseur wäre und das Leben Dschingis Khans verfilmen sollte, dann würde ich haargenau diesen Mann engagieren. Faszinierendes Aussehen."

Timur brummte etwas Unverständliches und erhob sich langsam und behäbig von seinem ächzenden Bürostuhl.

* * *

„Auf die Finger geklopft!" Batdorj schüttelte den Kopf, als er sich mit Gökhan in seinem Büro niedersetzte und erntete bei diesem ein Grinsen. „Manchmal wirkt Timur, als wenn er nicht ganz durchblickt. Wir haben nicht die leiseste Ahnung, wohin sich diese Scheißkerle verzogen haben, geschweige denn, was für Mittel ihnen noch zur Verfügung stehen."

„Und wir wissen nicht einmal," antwortete Gökhan, „ob diese Postkastenüberwachung irgend ein Ergebnis gebracht hat, denn wenn kein Brief hier angekommen ist, kann das bedeuten, dass die gar keinen geschickt oder dass sie die Aktion ganz einfach bemerkt haben."

„Vermutlich letzteres, denn warum sollten die nichts mehr fordern? Jetzt, nachdem es so gut wie sicher ist, dass chinesische Verbrecher dahinterstecken, glaube ich nicht, dass die einfach so aufhören. Mein Vorschlag : Ich kümmere mich mit meinen Leuten um alle leerstehenden Gebäude in Chowd-Aimag, um alle Scheunen und Hallen. Diese Drecksbande ist nicht in wilder Flucht oder kopflos auf und davon, sondern die haben ruhig und zielsicher gehandelt und garantiert im Vorhinein ein Ausweichquartier oder vielleicht sogar zwei hergerichtet. Und ihr Geheimdienstler besorgt alles, was mit dem chinesischen Handy zu tun hat, also Gesprächslisten und …."

„Läuft schon, Batdorj," Gökhan verzog wieder sein abstoßendes Gesicht zu dem öligen Grinsen, das den Kommissar vor einem halben Jahr immer wieder in Rage gebracht hatte, „läuft schon, auch Standortermittlungen und eventuell mögliche Bewegungsprofile, alles schon organisiert. Zudem hört die Zentrale in Ulan Bator seit heute früh jede Verbindung nach China ab. Wenn auch nur ein Fetzen Interessantes auftaucht, werde ich sofort informiert."

Batdorj wollte noch etwas hinzufügen, was ihm auf der Zunge lag, aber ein mächtiger Knall, dem ein eigenartiges Grummeln folgte, fast so wie leises Donnern bei einem Gewitter, ließ die Scheiben der zwei Fenster leicht klirren.
Beide sprangen auf und sahen sich an.
In Gökhan stieg eine ungute Ahnung auf. „Das klang wie eine nahe Explosion," murmelte er.
Batdorj nickte. Sein Magen schien gute Lust zu haben, sich in einen Stein zu verwandeln. „Wir müssen hinunter zum Empfang. Solongo erfährt als erste, was los ist. Und wenn es das ist, was ich befürchte, dann werde ich meinen Wagen besser gleich mit laufendem Motor in die Einfahrt stellen."
Gehört hatten alle im Haus den Knall, aber noch war bei Solongo kein Anruf eingegangen. Batdorj wollte nun tatsächlich in den Hof und sein Auto bereits starten, da klingelte das Telefon, doch außer Solongo interessierte sich kein Mensch dafür, denn gerade kam Tüti mit leichenblassem Gesicht durch die Haupteingangstür hereingestürmt. Sie stürzte auf Batdorj zu.
„Der Kindergarten," keuchte sie und versuchte zu Atem zu kommen, „Batdorj, die Schweine haben den Kindergarten gesprengt!"
Batdorjs Magen hatte keine Zeit mehr, zu Stein zu werden. Es konnte sich nur um den Chowder Hauptkindergarten handeln, und der war gleich um die Ecke.
„Feuerwehr!" schrie er die vier jungen uniformierten Polizisten an, die aus dem Aufenthaltsraum gekommen waren. „Alle Krankenhäuser anfunken, Krankenwagen und alles an Ärzten, was möglich ist!"

Dann sprang er die paar Stufen in den Hof hinunter und rannte zu seinem Auto. Gökhan saß schon auf dem Beifahrersitz. Die Hauptstraße vor der Polizeizentrale bot noch ein Durchkommen, hier lief der Verkehr normal, aber an der Straße zum Kindergarten blockierten zwei Lastwägen und etliche PKWs alle Möglichkeiten, denn hundert Meter weiter war die Straße übersät mit Trümmern aus dem Kindergartenhaus.

„Bleiben Sie am Rand, Batdorj," mahnte Gökhan und wies dabei mit der Hand auf den schmalen Rasenstreifen neben der Straße, „die müssen alle erst wieder rückwärts rausgelotst werden."

Als sie auf die Unglücksstelle zu rannten, mussten sie immer wieder über kleinere Betonbrocken, Holzteile, Mauerwerk und Sonstiges springen, und von verschiedenen Seiten kamen immer mehr Menschen herbei.

Der Kindergarten bot einen schauerlichen Anblick. Der gesam-te vordere Teil war eingestürzt und türmte sich wie ein fla-cher Schuttberg von der Straße her über den Teil, der früher einmal Vorgarten gewesen war, auf bis hin zum hinteren Teil, der - zwar beschädigt – aber immerhin komplett mit Dach stehen geblieben war.

In der Ferne hörte man verschiedene Sirenen, die näherkamen, und doch war bereits ein großer Trupp Helfer an und teilweise auf den Trümmern. Im ersten Moment staunte Batdorj, doch dann erkannte er in dem Mann, der den Trupp dirigierte, einen Lehrer der schräg gegenüberliegenden Oberschule. Hier waren Jugendliche, der Menge nach zwei oder drei Klassen, als erste dabei, Steine und Brocken und geborstene Bretter und Holzläden von diesem Schuttberg abzutragen.

Gökhan sprach ihm aus dem Herzen. „Was sagen Sie dazu, Batdorj ? Sind das Mongolen oder nicht ?"

Da sah Batdorj inmitten der Jugendlichen zwei Verkehrspolizisten. Er brüllte, was er konnte, winkte sie herunter und befahl ihnen, dafür zu sorgen, dass die Autos zurückgelotst würden.

„Die Kinder, die unter den Steinen liegen, sind wichtiger als diese Scheißkarren," schrie ihn daraufhin der eine mit hochrotem Gesicht an.

„Und diese Kinder brauchen Krankenwägen," brüllte Batdorj zurück und gab dem Mann einen Stoß in Richtung Straße, „wenn die Karren da nicht weg sind, kann keine Feuerwehr und kein Arzt durch !"

Dann bestieg er vorsichtig den Schuttberg.

„Habt ihr schon ein Kind gefunden ?" fragte er den Lehrer.

„Noch nicht ein einziges," war die Antwort, „aber das hier vorn, das stammt ja wohl alles nur von der Vorderfront. Und vorn, da waren ja die Garderoben und das Büro der Leiterin, wenn wir Glück haben, war da kein Kind drin, wie das explodiert ist."

Der Lehrer sah Batdorj an. „Komisch," meinte er, „wie kann denn so was passieren ? Nach Gas riecht's hier nirgends."

„Kein Gas," verneinte Batdorj, mehr konnte er nicht sagen, denn im selben Moment gab es ein lautes Knirschen, das in den Ohren schmerzte wie Fingernägel, die an einer Schultafel kratzen. Im hinteren Teil des Kindergartens, der noch komplett bis zum Dach stand, tat sich ein Riss auf, zuerst langsam wie in Zeitlupe, dann immer schneller von oben nach unten. Und die Putz- und Mauerbrocken, die sich dadurch lösten, kullerten zuerst ganz langsam und allmählich immer rascher auf den vorderen Schuttberg.

„Runter, alles runter !" schrie Batdorj den Schülern zu und wedelte mit beiden Armen. Wie ein Kapitän, der das sinkende Schiff als letzter verlässt, stieg er trotz entgegenkommender rollender Steine so weit nach oben, dass alle jungen Leute unterhalb von ihm waren und schrie und scheuchte, bis sie alle in Sicherheit waren. Dann starrten sie alle von der gegenüberliegenden Seite der Straße aus wie gebannt auf das Bild, das sich ihnen bot : Hinter dem Riss in der Wand, der nun so breit war wie eine Tür mit zwei Flügeln, kauerten die Kindergartenkinder eng aneinandergedrückt und sahen mit furchtsamen Augen hinunter auf Schutthalde, Straße und auf die Menschen, die nun immer zahlreicher wurden, denn die Feuerwehr war mittlerweile eingetroffen. Batdorj stellte sich ohne es zu wollen vor, seine kleine süße Enkelin wäre dort oben dabei, und sein Herz krampfte sich zusammen.

* * *

Alle Rachegelüste waren mit einem Schlag verschwunden. In Bruder Andreas' Herz zog ein anderes Gefühl, ein weitaus passenderes zu seinem Glauben, ein, das Gefühl der Hoffnung, die Aussicht auf Freiheit, ein Winken Gottes zum Weg in die Heimat, weit weg noch, fern am Horizont, aber immerhin vorhanden. Und ausgerechnet der Khan aller Khans, dieser rohe Barbar, diese Ausgeburt der Hölle, hatte dieses Hoffnungs-Licht in die Seele des Mönches gepflanzt. Selbstverständlich wusste und ahnte Dschingis Khan nicht das Geringste davon, was in Bruder Andreas vor sich ging, und der Mönch gab sein Bestes, nichts von dem zu zeigen, was er fühlte und dachte, obwohl in ihm jede Faser seines Leibes jubelte ob der Aussicht, schon bald ein freier Mann sein zu können.

Nach langer und beschwerlicher Reise, unterbrochen an den verschiedensten Orten, um hier eine aufmüpfige Ortschaft dem Erdboden gleichzumachen und dort in einer Strafaktion zwanzig Männer vierteilen zu lassen, um in einem Gebiet, das zu wenig Tribut gezahlt hatte, eine regelrechte Menschenjagd zu veranstalten und um danach in einer kleinen Stadt den Kriegern Plünderung und Vergewaltigung zu erlauben, nur um sie bei Laune zu halten, nach langer und mühseliger Reise also hatte man die Grenze des Reiches überschritten und sich einer Stadt genähert, vor deren Toren ein großes Zeltlager christlicher Ritter für die wilden Mannen Dschingis Khans eine Provokation darstellte und in dem Mönch die Sehnsucht und die Hoffnung auf Freiheit und Heimkehr weiter erstarken ließ.

Als Schreiber des Khans war Bruder Andreas eingeweiht wie kaum ein zweiter Mann in Denken und Pläne des Beherrschers der Welt, doch was diesen nun bewogen hatte, hier nicht anzugreifen wie sonst immer und überall, sondern sich völlig ungewohnt zu verhalten, entzog sich allem Wissen und Verständnis des Mönches. War es vielleicht die Hand Gottes, die den Khan nun lenkte, allein zu dem Zweck, ihm, seinen treuen Diener, den Weg in die Heimat zu bereiten?

Dschingis Khan hatte ihn rufen lassen und ihm erklärt: „Ich will mit dem Anführer dieser Krieger etwas besprechen, und du, Bruder Andaraeas, sollst mein Mittelsmann und Übersetzer sein. Du wirst noch heute mit zehn meiner besten Männer in dieses Lager reiten und Termin und Treffpunkt ausmachen."

Er hatte verächtlich in die von den Hufen der Pferde zertrampelte Wiese vor seinen Füßen gespuckt, wobei ihm – seinem Alter geschuldet - eine beträchtliche Menge Speichel in seinem Bart hängen geblieben war und hatte dann laut weiter gesprochen : „Ich weiß, dass die westlichen Krieger stets Angst um ihr erbärmliches Leben haben, also teile dem Anführer mit, dass er freies Geleit hat und unversehrt wieder in sein Lager zurückkehren wird."
Und gerade jetzt - oh, wie kostete der Mönch das Gefühl aus, das ihn nun er-fasste - gerade jetzt ritten sie zwischen zwei links und rechts aufgepflanzten Fahnen, die den Eingang zum Zeltlager markierten, hindurch. Der Eintritt in die Freiheit ! Der Beginn des Weges in die Heimat !
Dieser Barbarenkönig, dieser grausame Beherrscher der ungläubigen Heiden, ha, der sollte sich verrechnet haben. Mittelsmann und Übersetzer ? Das Herz von Bruder Andreas zitterte vor Vorfreude. Unter diesen Rittern waren ganz sicher Mönche oder Geistliche, also seinesgleichen, und da würde es keinerlei Übersetzungen brauchen, wenn er sich unter ihren Schutz stellen würde. Wieder als Christ unter Christen leben ! Nie wieder würde er auch nur einen Fußbreit auf Gebiet setzen, das von den Mongolen unterworfen war.
Während die mongolischen Krieger zielsicher auf das schönste und pompöseste Zelt zu ritten, wurden sie von allen Seiten angestarrt von Waffenknechten, die Schwert oder Speer bereit hielten.
Vor diesem größten Zelt angekommen, verharrten die Mongolen auf ihren Pferden, und der Anführer sagte zu Bruder Andreas : „Kennen diese Memmen keinen Anstand ? Hat sich ihr

Fürst im Zelt versteckt, warum kommt niemand zu unserem Empfang?"
Der Mönch gab keine Antwort, was ihm eine gewaltige Maulschelle eingetragen hätte, wären sie noch außerhalb des christlichen Lagers gewesen. Er rutschte aus dem Sattel und wollte an den Zelteingang gehen, um zu rufen. In diesem Moment trat jemand heraus, zur Verblüffung von Bruder Andreas ein Geistlicher in feierlichem Ornat mit einer Bischofsmütze auf dem Kopf.
Wie in früheren Zeiten sank er sofort in die Knie, bereit, dem hohen Herrn den Bischofsring zu küssen, sobald ihm dieser die Hand entgegenstrecken würde. Doch dies geschah nicht.
„Bist du wirklich ein Mönch oder hast du dich verkleidet?" fragte der kirchliche Würdenträger streng in lateinischer Sprache. „Und wenn du tatsächlich ein Mönch bist, was machst du zusammen mit diesen üblen Barbaren, unseren schlimmsten Feinden?"
„Herr," antwortete Bruder Andreas ebenfalls in Latein, „Herr, ich bin nicht freiwillig bei ihnen und ich wünsche mir nichts sehnlicher, als mich von ihnen trennen zu können und unter Euren Schutz zu kommen."
Der Bischof musterte ihn eine Weile. „Der Teufel weiß viele Wege und kennt zahlreiche Verstellungen," sagte er dann, „bete laut das Vaterunser, hier und jetzt, vor diesen Ausgeburten der Hölle! Bete es laut und ohne einen einzigen Fehler und bekreuzige dich ja an der richtigen Stelle, damit ich als Mann der Kirche dir glauben kann! Und danach berichte mir, wieso du mit dieser Teufelsbrut hier angeritten kommst!"
Solches zu erledigen war für Bruder Andreas keine Mühe, wie oft hatte er im Geheimen das Vaterunser leise vor sich her-

gesagt, wie oft hatte er sich bekreuzigt, wie es für einen Christen Pflicht war, trotz der Schläge, die er deswegen stets hatte einstecken müssen.

„….und seit nunmehr sieben Jahren hält mich Dschingis Khan wie einen Sklaven gefangen," beendete der Mönch seinen Bericht, nachdem er das Vaterunser fehlerfrei heruntergebetet hatte, „nie hatte ich die geringste Möglichkeit, zu entfliehen, nie, bis heute. Heute erbitte ich Euren Schutz, hoher Herr."

Der Bischof trat zwei Schritte zurück. Seine Miene war immer finsterer geworden.

„Und du hast dem Mongolenfürst als Schreiber gedient, sagst du?"

Der Tonfall, mit dem diese Worte ausgesprochen worden waren, ließen den immer noch knienden Mönch erschrocken aufblicken. Er nickte als Antwort.

„Sieben Jahre warst du dem Bruder des Höllenfürsten zu Diensten?" Die Stimme des Bischofs wurde immer höher und ging fast in ein Kreischen über.

„Du hast mit dem Antichristen zusammengearbeitet und wagst es, hierher zu kommen?"

„Ich, ich," stammelte Bruder Andreas, „ich habe es doch nicht freiwillig getan, ich wurde gezwungen und geschlagen."

„Sie hätten dich umbringen sollen," schrie jetzt der hohe Herr und seine Stimme kippte allein bei diesen Worten zweimal um, „wenn du ein guter Christ gewesen wärst, dann wärst du eher in den Tod gegangen als diesem Teufel zu dienen!"

Er machte die zwei Schritte, die er vorher zurückgewichen war, wieder auf Bruder Andreas zu und trat diesen so mit dem

Fuß, dass der Mönch umkippte und fast unter das vorderste Pferd gerollt wäre.

Die mongolischen Krieger, die natürlich kein Wort der Unterhaltung verstanden hatten, begannen zu lachen, denn offensichtlich wurde Bruder Andareas hier ganz genau so behandelt wie bei ihrem Khan. Und wie dieser Mann mit dem lustigen bunten Hut herumplärrte und mit den Händen herum-fuchtelte, so wie ein Weib, das gerade die Nachricht vom Tode ihres Mannes erhalten hatte. Sie amüsierten sich gewaltig.

Und auf diese Weise starben sie fröhlich und lachend, denn auf ein Zeichen des Bischofes hin schossen zwanzig Bogenschützen, die sehr geschickt mit dieser Waffe umgehen konnten, ihre Pfeile auf die mongolischen Reiter ab, jeweils zwei Pfeile auf einen Mann.

„Zehn Ausgeburten der Hölle weniger," meinte der Kirchenherr zufrieden und wandte sich an Bruder Andreas. „Und du, du Verräter an Christus, du Schande unserer Kirche, lauf um dein Leben! Lauf zurück zu deinem Höllenfürsten und schreibe weiter für ihn. Gott wird dich dereinst im Feuer schmoren lassen und ich selbst als Bischof werde deinen Namen nach Rom melden, damit der Heilige Vater höchstpersönlich dich exkommuniziert!"

Unter Tritten und Schlägen wurde der Mönch von Waffenknechten aus dem Lager gejagt. Und mit Tritten und Schlägen wurde er von Dschingis Khan empfangen, als er ohne die Krieger zurückkam.

Mit zerschundenem Körper lag er hernach in seiner kleinen Jurte und verstand die Welt nicht mehr. Sein Kopf war wie leer, weggeblasen war jegliches Gefühl von Hoffnung und

Sehnsucht. Am besten wäre es, er würde sterben. Sterben, hier und jetzt. Und doch klopfte da irgendetwas in seinem Hinterkopf, da war etwas, das in sein Bewusstsein dringen wollte, das übermächtiger war als jeder andere Gedanke. Ja, er durfte nicht aufgeben, das war der Gedanke an Rache, der da aus dem hintersten Winkel seines Gehirnes wieder hervorkroch. Rache ! Irgendwie. Irgendwann. Und dafür lohnte es sich sicher, am Leben zu bleiben, am Leben zu bleiben wie ein getretener Hund, aber irgendwie und irgendwann …..

* * *

Irgendjemand schrie nach ihm. Er konnte in diesem Gewirr aus Sirenen, Motorenlärm und Menschenstimmen in allen Tonlagen und Lautstärken nicht gleich einordnen, aus welcher Richtung die Rufe kamen, aber dann sah er am äußersten Rand des Grundstückes den Lehrer stehen. Dieser hatte offensichtlich die Schülergruppe verlassen, befand sich nun weit weg von ihnen eben am Ende des Kindergartengrundstückes und winkte aufgeregt mit bei-den Armen, halt, nein, er hatte nicht alle Schüler allein gelassen, ein Jugendlicher stand dicht neben ihm und ruderte ebenso mit den Armen.
„Batdorj," schrie der Lehrer, „Batdorj, kommen Sie hierher !"
Batdorj fasste Gökhan am Ärmel, wies die Richtung und sagte nur : „Dort hinüber !"
„Batdorj," stieß der Lehrer aufgeregt hervor, als sie ihn erreicht hatten, „hören Sie sich an, was Bajar zu sagen hat !"

Der Jugendliche, Batdorj schätzte ihn so auf vierzehn Jahre, hörte vor lauter Aufregung nicht auf, mit den Armen zu rudern und seine Worte brachen wasserfallartig aus ihm heraus.

„Ich wohn' in dem Haus gleich nebenan," er zeigte kurz auf das zweistöckige Wohnhaus, das auf der rechten Seite des Kindergartens angebaut war und, so wie es aussah, von der Explosion nichts abbekommen zu haben schien, „da ganz oben bei uns, im Speicher, da ist damals, wie die den Kindergarten gebaut haben, ein kleines Dachfenster zugemauert worden und da haben meine Freunde und ich, als wir noch klein waren und da oben immer gespielt haben, da haben wir mit altem Werkzeug, was im Speicher rumgelegen ist, da haben wir die Steine so weit ausgekratzt damals, dass wir nüberklettern konnten nach drüben, also in den Speicher vom Kindergarten. Das is' immer noch offen, weil da nie jemand raufgeht in unseren Speicher. Ich glaub', da könnt' ich wieder rüber, ich komm' da schon noch durch, da könnt' ich zu den Kindern und versuchen, dass ich sie durch's Loch rüber hol'."

Batdorj zog eine Augenbraue hoch und schaute Gökhan an. „Ich weiß nicht recht, jetzt, wo die Feuerwehr im Anmarsch ist, ob wir da …? Und dann womöglich einen Jugendlichen in Gefahr bringen?"

„Ach, jetzt machen Sie mal nicht den gesetzestreuen Paragrafenreiter," Gökhan schüttelte den Kopf, „bis Sie den richtigen Ansprechpartner bei der Feuerwehr gefunden haben und bis Sie den dann soweit haben, dass er mitmacht, nein, wir sind mitten in einer Katastrophe, und da heißt es, erst handeln, dann nachfragen."

Der Speicher war eines der dreckigsten Löcher, die Batdorj in seinem Leben gesehen hatte. Zielsicher führte Bajar die drei Erwachsenen durch den Unrat zu einer rohen, unverputzten Ziegelmauer, die zu einem Teil von etwas verdeckt war, das einmal eine Decke oder ein Bettbezug gewesen sein mochte.
Der Junge riss diesen Fetzen weg, was eine dunkle, graue Staubwolke auslöste und Batdorj schon husten ließ, bevor diese ihn erreicht hatte. Sechs, sieben, acht Ziegel wurden beiseite geschoben und es bot sich eine Öffnung mit Blick auf den Nachbarspeicher.
Bajar schlüpfte gewandt hindurch, machte drei Schritte und hob eine mit Scharnieren befestigte, hölzerne Falltür hoch.
„Von hier geht's direkt in den Flur runter, wo links und rechts die Kindergartengruppen sind."
Mit einem Schlag waren alle Bedenken und Befürchtungen Batdorjs verschwunden. Er übernahm wieder das Kommando.
„Bajar, du lotst alle Kinder hier herauf, aber vorsichtig," rief er durch das Loch, „die Kindergartentanten sollen dafür sorgen, dass nicht alle gleichzeitig daherstürmen! Ich übernehme die Kinder hier und Sie, Gökhan, Sie bringen dann die Kinder, ach nein, Sie nicht, Damdinsuren," rief der dem Lehrer zu, „Sie bringen die Kinder vor zur Treppe, und Sie Gökhan, bleiben vorn im Treppenhaus und schicken die Kinder dann hinunter! Irgendjemand unten wird schon merken, dass da Kinder kommen, und sobald ein Feuerwehrler oder ein Polizist daherkommt, schnappen Sie ihn sich, Gökhan, und postieren ihn mit auf der Treppe, ein Stockwerk tiefer!"
Als Batdorj das erste Kind durch das Loch in Empfang nahm, fiel ihm ein, dass die Kleinen sich wohl vor Gökhan erschrecken würden, denn dessen Visage war schon dazu geeignet,

aber seine Sorge war unbegründet. Vielmehr fürchteten sich die Mädchen und Buben vor ihnen allen dreien, denn sowohl der Lehrer als auch Batdorj waren inzwischen voll klebrigem alten Staub, den sie auch noch beim Schweißwischen ins Gesicht geschmiert hatten. Der einzige Vorteil daran war, dass alle Kinder so schnell sie konnten, vor lauter Angst Gökhans Anweisungen folgten und ohne Pause und ohne Zögern die Treppe hinunterrannten zum Ausgang des Hauses.
Als Bajars Kopf in der Lücke auftauchte und dieser stolz verkündete, dass alle Kinder gerettet seien, waren auch schon fünf Feuerwehrler neben Batdorj. Der Jugendliche kletterte herüber und zeigte auf das Loch.
„Drei Kindergärtnerinnen stehen drüben, aber die sind alle drei zu dick, da kommt keine durch!"
Mit zwei zwar verschieden großen, aber doch einigermaßen brauchbaren Holzbalken stützten die Feuerwehrmänner das Loch notdürftig ab und brachen und schlugen danach mit ihren Hacken so viele Ziegel weg, dass auch die drei Frauen unbeschadet hindurchklettern konnten.
Als Batdorj gemeinsam mit Gökhan und dem Lehrer aus dem Haus kam, schlug ihnen ein Blitzlichtgewitter entgegen. Neben neugierigen Gaffern waren natürlich die Reporter bereits an Ort und Stelle, der einzige, der noch schneller als die Fotografen reagierte, war Gökhan, er hatte sofort die Hände vor dem Gesicht und schaute nur noch zwischen seinen Fingern hindurch wie ein Gefangener aus dem vergitterten Fenster.
Damdinsuren, der Lehrer, ließ sich auf Gespräche ein und erzählte, was passiert war, aber Batdorj und Gökhan drängten sich durch die Menge, liefen zum Auto und fuhren zwischen

Feuerwehrautos, Krankenwägen und Alleebäumen im Slalom zurück zum Polizeigebäude.

Noch im Auto rief Gökhan mit seinem Handy seine Leute an und bestellte sie zum Kindergarten, bevor Feuerwehrmänner oder womöglich Neugierige irgendwelche verwertbaren Spuren zerstörten, sollten sich die Geheimdienstler mit der Explosionsursache beschäftigen.

In der Polizeizentrale wuschen sie sich in der Toilette an dem kleinen Han-waschbecken notdürftig sauber, wobei Batdorj es sich nicht verkneifen konnte anzumerken, warmes Wasser gäbe es wohl in Ulan Bator, hier in Chowd aber nicht, und anschließend marschierten sie zu Timurs Zimmer.

Auf dem Besuchersofa saß wieder der Professor, er hatte einen dünnen Aktenordner auf den Knien und las offensichtlich gerade etwas daraus vor.

Timurs Gesicht und auch seinem Tonfall war deutlich anzumerken, dass ihm etwas nicht gefiel.

„Ist Narantseseg nicht zuhause?" fragte er statt einer Begrüßung.

Batdorj war verblüfft. „Wieso? Doch, natürlich ist sie da."

„Und dann lässt sie Sie so rumlaufen?" In Timurs Stimme lag alles an Missbilligung, was er nur aufbringen konnte. „Ist die Waschmaschine kaputt und die Dusche verkalkt?"

Gökhan verstand schneller als der Kommissar, grinste bis über beide Ohren und sagte: „Wir kommen gerade direkt vom Kindergarten und haben dort ein wenig so Feuerwehr und Sanitäter gleichzeitig gespielt."

„Achchch," Timur räusperte sich, und seine Miene ließ erkennen, dass er noch nicht ganz zufrieden war, „wie auch

immer, Professor A-lo-is," er wies mit der Hand zum Sofa, „Professor A-lo-is hat bereits interessante Ergebnis-se."
„Ja," nickte dieser eifrig und hielt den Ordner hoch, „ist das nicht lustig ? Ich lese die Namen aller chinesischen Gaststudenten vom damaligen Semester durch, stolpere über einen Namen und da plötzlich erinnere ich mich. Es war genau dieser Student, das weiß ich ganz sicher, denn insgeheim hatten wir uns alle über seinen Namen amüsiert und er galt bei allen als der Super-Kommunist schlechthin, denn wissen Sie," der Professor kicherte, „wissen Sie, der hieß ganz genau so wie Maos treuester Weggefährte: Tschou En Lai.
Wahrscheinlich waren seine Eltern hundertprozentige Maoisten oder vielleicht war er tatsächlich der Enkel des echten Tschou En Lai, na egal, jedenfalls war es dieser Student, der damals gesagt hat, er würde erst mal andere Schriften stehlen, bevor er den Fluch stehlen würde."
Batdorj nahm den Ordner und las.
Erfreut meinte er dann zu Gökhan : „Hier steht Geburtsdatum und damalige Heimatanschrift. Da müssten Ihre Leute doch rausbekommen, was aus dem Kerl geworden ist."
„Ich könnte mir vorstellen," meinte der Professor, „dass er inzwischen in der Partei ziemlich weit nach oben gekommen ist, denn er war sehr intelligent und mindestens genauso ehrgeizig."
Einen Moment war Stille und niemand sagte etwas, dann räusperte sich Timur : „Ach ja, Batdorj, Solongo hat den nächsten Brief der Fluchdiebe heraufgebracht," er nahm ihn von seinem Schreibtisch und hielt ihn Batdorj hin, „der kam nicht mit der Post, irgendjemand hat ihn auf die Stufen vor dem Haus hingelegt. In dem Durcheinander wegen dem

Kindergarten hat verständlicherweise niemand auf den Eingang geachtet."

„Der muss dann also vorher geschrieben worden sein," konstatierte Batdorj, nahm den Brief und öffnete ihn, „da bin ich mal gespannt."

Der nächste Satz im Fluch trifft das Herz der Mongolei : Die Kinder. Spätestens heute muss jedem klar sein, wie ernst wir es meinen. Wir verlangen, dass die gesamte Regierung der Mongolei zurücktritt.

„Sind die verrückt ?" Batdorj schüttelte den Kopf.

Timur machte es ihm nach, was allerdings um einiges mehr an Wirkung auf die anderen hatte. „Ich hab' es Ihnen doch gesagt, Batdorj, es ist der Fluch ! Ob diese Leute verrückt sind oder nicht, spielt keine Rolle, es ist der Fluch !"

Wieder war einen Moment Stille, dann meinte Gökhan : „Jetzt wissen wir wenigstens, dass offensichtlich nicht Ulan Bator gemeint war mit Herz der Mongolei, es wird sich wohl auch weiterhin alles hier in Chowd abspielen."

Er drehte sich zur Tür. „Ich gebe sofort alle Daten von diesem Tschou En Lai nach Ulan Bator durch. Der Mann ist unsere wichtigste Spur."

„Glauben Sie wirklich, dass da etwas Politisches dahintersteckt ?" fragte Professor A-lo-is nachdenklich. „Ich habe noch nie gehört, dass politisch Extreme oder Terroristen auf so, na sagen wir mal, auf so blumige und märchenhafte Weise argumentieren und agieren."

„Der Fluch," antwortete Timur, bevor Batdorj etwas sagen konnte, „es ist eben der Fluch, und der bedient sich nun mal der Menschen, die ihn geöffnet haben."

* * *

Eigentlich wäre es Batdorj lieber gewesen, er hätte Timur nicht bei der großen Lagebesprechung dabei gehabt, aber eben weil es eine große war, ließ sich das nicht vermeiden. Hoffentlich würde er nicht dauernd auf seinem Fluch herumreiten. Also inklusive Timur, und das hieß, auch der fremde Professor war anwesend. Und nachdem neben den Kommissaren Batdorj und Tüti nicht nur deren sechs Assistenten da waren, sondern nochmals die gleiche Anzahl an Geheimdienstleuten plus Gökhan, blieb nur der Aufenthaltsraum, kein anderes Zimmer hätte so viele Personen untergebracht.

Batdorj fasste das Bisherige zusammen : „..... und deswegen beginnen wir noch heute mit der Durchsuchung aller in Chowd-Aimag leerstehenden Gebäude. Die Liste hat Tüti bei der Stadtverwaltung besorgt und ich schlage vor, wir gehen kreisförmig durch Chowd und danach genauso übers Land. Keine Einzelaktionen, denkt an Sergej ! Schusssichere Westen, Waffen im Anschlag, mindestens Vierer-, nein, besser mindestens Fünfergruppen. Sofortige Meldung an Solongo ! Eine Gruppe führe ich, eine Tüti und die dritte Gökhan.

Bitte jetzt gleich jeder notieren, welche Gebäude welche Gruppe. Sollte eine Gruppe auf die Dreckskerle stoßen, dann, wenn irgend möglich, Alarm geben und auf die anderen Gruppen warten. Eine Flucht der Bande ist allerdings mit allen Mitteln zu verhindern ! Hat mich da jeder verstanden ?"

Alle nickten.

Timur, der sich bis jetzt jeglicher Einmischung enthalten hatte, machte laut ‚ächem' und sagte : „Selbstverständlich ist diese, äh, Bande möglichst unschädlich zu machen, aber bitte denken Sie alle an den Fluch. Geben Sie bitte bei allen Aktionen Obacht und bringen Sie ihn unzerstört wieder her."
Tüti nickte. „Wir werden darauf achten."
Dann wandte sie sich zu Batdorj. „Wie sieht es mit Präventivmaßnahmen im weiteren Vorgehen aus ? Wenn man davon ausgeht, dass diese Schweine nochmals Kinder als Ziel hernehmen, was machen wir mit den anderen Kindergärten ? Mit den Schulen ?"
Batdorj seufzte. „Was wollen wir tun ? Wir selbst müssen nach den Tätern suchen, wir können nicht alles gleichzeitig machen. Sollen wir Militär zur Bewachung der Schulen anfordern ?" Er schüttelte den Kopf. „An jedem Schultor zwei Soldaten mit Maschinenpistolen ?"
„Wie wär's mit Väterchen ?" schlug Gökhan vor.
„Das ist nicht Ihr Ernst," sagte Batdorj. „Nicht schon wieder."
„Wie bitte ?" Timur klang etwas unwillig. „Würden Sie beide bitte nicht in Geheimschrift reden, sondern so, dass es ein Normalsterblicher wie ich armer Polizeipräsident auch versteht ?"
Gökhan sah Batdorj an. „Ich weiß schon, dass Sie nicht scharf darauf sind, über Väterchen zu reden, aber es wäre nicht nur die einzige Möglichkeit, die ich sehe, sondern auch noch die beste."
Batdorj hob ergeben die Schultern. „Ich denke, die sind in einem Altersheim untergebracht."

„Das ja," Gökhan grinste sein öliges Lächeln, „aber die sind fit wie eh und je. Glauben Sie mir, nichts täten die lieber als noch einmal mitzuspielen."

„Hab ich mich vorhin falsch ausgedrückt?" Jetzt war Timur recht erbost. „Klartext jetzt bitte, aber wirklich so, dass ich mitdenken kann."

Gökhan nickte grinsend. „Batdorjs Väterchen und seine Kumpel waren zur Zeit der Roten Armee die Elite bei den Speznaz. Die haben in der Zeit ihres Wirkens mehr Leute erledigt in allen möglichen Ländern dieser Welt, als wir an unseren Fingern plus Zehen abzählen können."

„Sie wollen doch nicht allen Ernstes auf die Mitarbeit von Senioren zurückgreifen," fragte der Polizeipräsident ungläubig, „auf alte Männer, egal, was die in ihrem früheren Leben einmal gewesen sind?"

Gökhan lachte laut. „Alte Männer? Timur, Sie sollten Väterchen mal bei einer Schießübung sehen. Der setzt die Kugel bei jedem Pappkameraden haargenau mitten zwischen die Augen, und von seinen Kumpeln ist kein einziger einen Deut schlechter!"

„Mitten zwischen die Augen? So wie Sie?" flüsterte Timur und sah Batdorj starr an. „Dann haben Sie das von Ihrem Väterchen gelernt?"

Dieser schluckte zweimal und sagte: „Das ist nicht mein …., ach was, ich erklär's. Zum Teufel nochmal, ich bin kein Schießkünstler. Das waren immer diese alten Helden."

Vor einem halben Jahr hatten die Alten Batdorj unterstützt und nicht nur gedungene Mörder auf die vorher beschriebene Weise von dieser Welt verabschiedet, sondern am Ende der ganzen Aktion auch den großen Drahtzieher erschossen.

„Und ich hielt Sie immer für den Meisterschützen, Batdorj,"murmelte Timur, „Sie sind ein Schlitzohr, zwar ein Kunstbanause, aber immerhin ein Schlitzohr."

Er überlegte kurz und wurde dann ernst und lauter. „Die Alten waren Speznaz ? Diese Spezialisten, die sogar von den Amerikanern gefürchtet wurden ? Also dann, ungewöhnliche Situationen erfordern ungewöhnliche Maßnahmen. Gökhan, die Alten werden sofort hierher beordert ! Ich nehm' das auf meine Kappe."

Er grinste fast so wie sonst Gökhan. „ Ich stell mir das eigentlich ideal vor, da lungern vor einer Schule zwei alte Knaben herum und hocken mal hier, mal da. Kein Terrorist wird die beachten, kein Verbrecher wird vermuten, dass da der Gegner ist."

„Es gibt nur ein Problem," Gökhan kratzte sich verlegen am Kopf, wie es sonst immer Batdorj machte, „Väterchen und seine Männer werden darauf bestehen, dass sie ihre eigenen Waffen dabei haben dürfen."

„Aha," nickte Timur ungerührt, „nun, das haben wir ja dann vor einem halben Jahr alle erlebt, dass sie damit umgehen können. Ich glaube nicht, dass wir uns Schwierigkeiten einhandeln werden, wenn ein paar Fluchdiebe im Notfall ein Löchlein zwischen den Augen haben. So was war schon immer sehr medienwirksam. Äußerst medienwirksam sogar."

* * *

Die Staatsanwaltschaft lehnte einen pauschalen Durchsuchungsbefehl für alle leerstehenden Gebäude rundweg ab.

So etwas sei zum einen im Gesetz nirgends vorgesehen und damit also unmöglich, und zum andern würde ein derartiges Schriftstück jeglichem Missbrauch Tür und Tor öffnen.

Batdorj verwies darauf, dass es sich hier mit an Sicherheit grenzender Wahrscheinlichkeit um die Bekämpfung von Terroristen oder Irren handeln dürfte und solche Verbrechen äußerst schlecht zu verfolgen seien, wenn man jeden Paragrafen wortwörtlich nehme, erreichte aber gar nichts. Wie schon oft in ähnlichen Situationen drückte die Diskussion Batdorjs Laune allmählich ein gutes Stück unterhalb der Marke, die nötig war für klares Denken und er schlug schließlich dem zuständigen Beamten vor, dieser solle sich seine Paragraferei auf seiner Rückseite unter die Gürtellinie stecken. Daraufhin wurde er hinausgeworfen.

„Batdorj," meinte Gökhan etwas vorwurfsvoll, „was lassen Sie sich denn auf solch eine Diskussion ein. Haben Sie vergessen, was ich in der Battulga-Geschichte in der Brieftasche hatte?"

Das war, wie sich Batdorj gut erinnern konnte, eine Blanko-Vollmacht ausgestellt von der Obersten Staatsanwaltschaft.

„Na sehen Sie, ein Anruf bei Ojuncaral und ich garantiere, dass alles läuft."

Schon eine halbe Stunde später kam der Anruf von der Chowder Staatsanwaltschaft, Batdorj könne seinen verdammten Durchsuchungsbefehl abholen. Die Innenministerin hatte also nicht eine Sekunde gezögert.

Polizeiarbeit läuft in den seltensten Fällen so ab, wie es den Zuschauern in den Actionfilmen suggeriert wird. Meist ist sie eintönig und langweilig und verläuft oft genug im Sand. Erfolgserlebnisse sind bei dieser Tätigkeit keine regelmäßigen Punkte der Tagesordnung. Und genau aus diesem Grund

schärfte Batdorj allen noch einmal ein, auf keinen Fall nachlässig zu werden, jede Durchsuchung müsse mit äußerster Konzentration und Vorsicht durchgeführt werden.
Das erste leerstehende Gebäude war eine alte Markthalle, die seit dem Niedergang des Kommunismus zwar keine Geschäftigkeit mehr erlebt hatte, aber schon damals genauso verwahrlost und heruntergekommen ausgesehen hatte. Batdorj versetzte mit seinen Leuten den hier heimlich spielenden Kindern einen Riesenschreck, diese hatten sich mit alten Holzpaletten, Decken und kleinen und großen Schachteln eine Art Lager gebaut, und von außen konnte man durchaus den Eindruck gewinnen, hier wäre etwas im Gange. Zwar erkannten die Polizisten rasch, dass es sich nicht um Terroristen handelte, aber da hatten die Kinder den Schock schon abbekommen. Batdorj, der selber zwei Söhne großgezogen hatte und liebend gern mit seiner Enkelin spielte, machte intuitiv das einzig Richtige. Er erklärte den Kindern, dass es sich hier um eine ungeheuer wichtige Polizeiaktion handele und dass er stolz darauf sei, dass sie nicht wie manche feige Erwachsenen heulten oder davongelaufen seien. Dann versprach er ihnen, dass er, sobald er Zeit dafür hätte, sie alle hier noch einmal aufsuchen und sie mit dem Polizeiauto quer durchs Viertel kutschieren würde.
Die nächsten fünf leerstehenden Gebäude waren wirklich leer, leer ohne jegliches Anzeichen irgendeiner Nutzung.
Auch Tüti fand mit ihrer Gruppe fast drei Stunden lang nichts als leere Räume, und zwar leer in allen möglichen Variationen, der eine gänzlich kahl abgesehen von Dreck, Spinnweben, Unrat und dergleichen, der andere mit halb eingestürztem Dach und jeder Menge Schutt, der nächste in

tadellosem Zustand da irgendwann einmal restauriert aber dennoch nie genutzt, und wieder der nächste mit Wänden, ausgiebig von Schmierern bemalt und bekritzelt, aber eben leer. Kein Wunder, dass das eintrat, wovor Batdorj gewarnt hatte. Hat man drei Stunden ergebnisloser, langweiliger Suche hinter sich, dann lassen Um- und Vorsicht nach.

Und so hätte der Schuss, der dicht an Tütis Kopf vorbeipfiff, mit ein wenig mehr Präzision genauso gut ihr Leben beenden können. Immerhin war in Sekundenbruchteilen jegliche Unze an Vorsicht wieder zurückgekehrt bei allen ihrer Gruppe, und ohne Gerede oder Anweisungen nahm jedes Gruppenmitglied so schnell es ging die vorher besprochene Position ein. Rund um das Gebäude gingen alle so in Stellung, dass jeder Sichtkontakt zu dem jeweils linken und rechten Nachbarn hatte, und jeder verharrte schussbereit an seinem Platz. Außer Tüti war jeder mit einer Maschinenpistole bewaffnet, konnte also durchaus einen Ausbruch von mehreren Terroristen verhindern.

„Gebäude Nr. 11 positiv," gab Tüti an Solongo durch, „Achtung, Schusswechsel!"

Es dauerte eine knappe Viertelstunde, bis auch die letzte Gruppe vor Ort war.

„Sie mit Ihren Leuten, Gökhan, übernehmen die Außensicherung," wies Batdorj den Geheimdienstler an, „wir anderen gehen hinein! Haben alle ihre schusssicheren Westen an?"

Außer dem großen zweiflügligen Holztor, das leicht schräg in stark verrosteten Angeln hing, gab es in Bodennähe nur kleine Gucklöcher in den Wänden, die kein Mensch zum Einsteigen hätte nutzen können, und dieses Holztor gab bereits unter dem ersten Tritt nach und kippte nach innen. Sich gegenseitig wechselnd deckend drangen die beiden Gruppen von Batdorj und Tüti in das Gebäude ein. Der ehemals große Raum, vielleicht einmal ein Lagerraum, war in der Mitte getrennt worden durch eine unverputzte Mauer aus alten Ziegelsteinen und Betonbrocken. Im linken Teil standen und lagen jede Menge Fahrräder, manche ohne Räder, andere ohne Lenker und einige sauber in Einzelteile zerlegt. Im rechten Teil war eine Art Werkstatt mit Arbeitsbänken, die wohl irgendwann einmal ganz normale Tische gewesen waren und auf denen jede Menge Werkzeug herumlag, verrostet und uralt wie das nun am Boden liegende Tor.

Dazwischen stand ein betagter Mongole mit faltigem Gesicht, zornigem Gesichtsausdruck und einem schmutzigen, das Gesicht noch an Falten übertreffenden Arbeitsschurz. Vor allem aber hielt er ein Gewehr in der Hand, und obwohl er in Windeseile umringt von Polizisten war, hielt er seine Waffe drohend aufrecht gerichtet.

„Niemand hat das Recht, mich zu überfallen," knurrte der Alte, „kommt nur, ihr Affen ! Drei oder vier von euch nehm' ich locker mit, bevor ihr mich niederschießen könnt. Kein Nomade stirbt ohne mindestens ein paar Angreifer erledigt zu haben."

Batdorj seufzte. Ihm war genauso wie den anderen sofort klar, was hier los war.

Noch heute zog ein kleiner Teil der Bevölkerung der Mongolei als Nomaden durchs Land, Batdorjs ehemalige Schwiegereltern lebten nach wie vor in der Jurte, auch seine Ex-Frau seit der Scheidung. Noch heute unterschieden sich die Nomaden von den Stadt- und Dorfbewohnern in vielen Dingen - wann zum Beispiel sah man denn einen Nomaden in einem Krankenhaus ? Und noch heute waren alle Nomaden bewaffnet, auch wenn längst Waffenscheine vorgeschrieben waren, ein Nomade war über solch Blödsinn erhaben. Das Gewehr war für ihn nichts anderes als ein alltäglicher Gebrauchsgegenstand für die Jagd, und kein Polizist in der ganzen Mongolei käme auf die irrsinnige Idee, die Waffe eines Nomaden zu beschlagnahmen. Nur einige wenige Junge blieben zum Beispiel wegen einer Heirat in der Stadt hängen und nahmen dann oft Eltern oder Großeltern zu sich, wenn es nötig wurde. Glücklich war im Endeffekt selten einer dabei, weder die Jungen noch die Alten, Nomadenblut blieb Nomadenblut. Batdorjs jüngerer Sohn hatte dies ebenfalls von seiner Mutter geerbt, er kompensierte es, indem er als Ingenieur für eine staatliche Firma auf Raubzug nach Bodenschätzen quer durchs Land zog. Und dieser alte Nomade hier konnte natürlich wie alle anderen nicht ruhig auf seinem Hintern sitzen, offensichtlich hatte er sich die verlassene Halle hergerichtet und verdiente sich und seiner Familie sogar ein bisschen was dazu.

Platzangst verursachen und einen Nomaden einkreisen, das war nun mal heute wie früher eine lebensgefährliche Sache.

„Wir verschwinden gleich wieder, Großväterchen," Batdorj hatte seine Pistole längst wieder ins Halfter gesteckt, „das war ein Fehlalarm. Sie waren nicht gemeint, wir sind auf der Suche nach gefährlichen Verbrechern."

Der Alte hatte sein Gewehr keinen Millimeter gesenkt. „Hier ist außer mir niemand, das seht ihr ja. Kann ich jetzt weiterarbeiten ?"

Der Kommissar nickte und gab den anderen Zeichen zum Abrücken.

Als sie abmarschierten, rief ihnen eine empörte Stimme hinterher : „Und wer bringt jetzt die Tür wieder in Ordnung ? Soll jetzt jeder Dahergelaufene mir Werkzeug und Räder stehlen, ha ?"

„Lasst euch von ihm Schraubenzieher geben und hängt das Ding wieder ein !" befahl Batdorj zweien seiner Männer.

Draußen rief er Solongo an und informierte sie darüber, dass die Durchsuchung der leerstehenden Gebäude wie vorher weitergehen würde. Dann machte sich jede Gruppe auf den Weg zum nächsten Gebäude ihrer Liste.

Gökhan erging es nicht anders als Tüti und Batdorj. Ein Gebäude um das andere wurde kontrolliert, eins ums andere war leer, außer einem, in dem aus einem unerfindlichen Grund an die dreißig Zentimeter hoch das Wasser stand, dem Geruch nach schon längere Zeit.

Als sie wieder eine kleinere Halle kontrollierten, die laut Liste der Stadt Chowd nicht nur ungenutzt, sondern von der auch seit einigen Jahren kein Besitzer mehr zu ermitteln war, stutzte Gökhan. Das Schloss in der Tür ließ sich zwar mit einem Dietrich rasch öffnen, dass es aber nach so vielen Jahren überhaupt noch verschlossen war, war eigenartig. Der Boden der Halle war mit Dreck und Unrat, die den Jahren entsprachen, übersät und ein uralter, zerschlissen wäre ein Kompliment dafür, Läufer lag schräg von der Eingangstür in Richtung einiger aufgestapelter morscher Holzkisten. Frische Fußspuren wären in dem verklebten Staub und Dreck gut zu sehen gewesen, aber auf diesem Teppichfetzen nicht.

Als sie die Kisten beiseite räumten, kam eine Falltür zum Vorschein, die ebenfalls versperrt war, allerdings mit einem offensichtlich recht neuen Vorhängeschloss. Dieses war schnell geknackt und es schien ein Zugang zu einem Keller unter der Klappe zu sein. Vorsichtig, mit bereiter Waffe und Taschenlampe stiegen sie hinunter. Sie kamen aber nicht in einen Keller, sondern nur in einen schmalen, sehr sauberen Gang, der im rechten Winkel nach Norden abbog. Als der vorderste Polizist mit seiner Lampe den Gang entlang leuchtete, sagte er : „Geht ungefähr 15 Meter weit, am Ende eine Metalltür."
„Hm," meinte der Polizist, der gleich hinter Gökhan stand, „15 Meter ? Das trifft dann ziemlich genau den Chowder Fleisch- und Wurst-Großhandel, die haben hier Büro und ein kleineres Lager."
„Und draußen im Gewerbegebiet noch eine große Halle mit Kühlräumen und Garagen für die Lastwagen," fügte der vorderste dazu. Dann schüttelte er den Kopf. „Kann ich mir nicht vorstellen, dass die was zu tun haben mit unseren Terroristen."
„Was wir uns vorstellen können, spielt keine Rolle." Gökhan informierte Solongo und sie verließen Gang und danach Halle. Bis Batdorj und Tüti eintrafen, konnten sie ziemlich unbemerkt im Vorhof bleiben, denn hohe Mauern links und angebaute Häuser rechts verhinderten jeden Einblick von außen.
Batdorj befahl Gökhan mit seinen Leuten wieder die Absicherung außen, ließ von Tütis Gruppe zwei mit ihren Waffen an der Falltür, die sie wieder geschlossen hatten, und marschierte mit dem Rest zum Großhandel. Ein gewaltsames Eindringen war nicht notwendig, die beiden Glastüren an der

Vorderfront standen offen. Niemand stellte sich ihnen in den Weg, denn im Büro saß nur eine Sekretärin, die sie mit offenem Mund anstarrte und sich nicht mehr von ihrem Platz rührte. Im Lagerraum waren sechs Männer und zwei Frauen eifrig dabei, Fleisch und Wurst umzupacken. Es herrschte ein mehr als unangenehmer Geruch und obwohl der Lagerraum große Fenster besaß, waren diese geschlossen, durchschauen konnte man sowieso nicht, die Scheiben waren zugeklebt.

„Pfui, stinkt es hier," Tüti hielt sich die Nase zu, trat zu einem Tisch und begutachtete die Pakete, die da lagen. Dann riss sie von dem einen Päckchen ein Etikett ab und hielt es Batdorj hin. „Schau mal auf das Datum…."

„Ich kann mir's denken," winkte der ab und sah angewidert herum, „die packen alte Ware um und verkaufen es dann weiter und wir fressen den Dreck dann."

„Und anliefern werden sie's wahrscheinlich über den Kellergang, da sieht's kein Mensch," Tüti hatte das Stück Papier fallen lassen und hielt sich wieder die Nase zu.

„Wo ist der Chef?" brüllte ein wütender Batdorj die erschrockenen Arbeiter an. „Wo ist der Kerl, der für diese Sauerei verantwortlich ist?"

* * *

Fanito war ganz allein, ohne jeglichen Mitarbeiter, zur Innenministerin gekommen, und damit konnte sie sich an drei Fingern abzählen, dass etwas ganz Entscheidendes passiert sein musste.

„Das hier," sagte er mit sorgenvoller Miene und reichte ihr ein Blatt Papier, „das hier ist die Adresse, an die alle Telefonate von dem aufgefundenen Terroristen-Handy hinging."

Ojuncaral las. „Oh heiliger Buddha," meinte sie und ließ das Blatt auf ihren Schreibtisch fallen, „bei allen Ahnen ! Von dieser Adresse reden Sie ja oft genug. Bedeutet es das, was ich da herauslesen kann ?"

Fanito nickte bedrückt und ließ sich ohne Aufforderung in einen Sessel plumpsen. „Das bedeutet es. Heutzutage wird Krieg in anderer Form geführt." Er machte eine kurze, bedeutsame Pause. „Und wir wissen nicht, wie wir darauf antworten können. Noch nicht."

Dann herrschte einen Moment Stille zwischen den beiden.

„Bleibt es jetzt bei der uneingeschränkten Offenheit gegenüber diesem Kommissar in Chowd unten ?" fragte dann der Geheimdienstchef mit gequälter Miene.

Die Innenministerin schüttelte den Kopf. „Nein, eine solche Information würde Batdorj weder helfen noch nützen. Seine Aufgabe kann er ohne solches Wissen sicher besser erfüllen. Die Leute, die dort unten agieren, müssen gefunden werden. Aber Gökhan muss natürlich Bescheid wissen."

Fanito nickte. „Dann wollen wir mal hoffen, dass dieser Batdorj möglichst bald Erfolg hat." Er seufzte. „Soweit es meinen Laden betrifft, sehe ich im Moment keinerlei Eingriffsmöglichkeit. Vielleicht kann dieser Kommissar doch ein paar mehr Leute von uns brauchen ?"

„Nein, vorerst nicht, ich glaube, Gökhan gibt uns da schon rechtzeitig seine Anforderungen. Sonst noch was ?"

Fanito verneinte und erhob sich. „An der anderen Spur, Sie wissen schon, der chinesische Gaststudent, da sind wir noch dran. Lässt sich noch nicht ganz klar verfolgen."

* * *

Vor der Grundschule Nr 3, die sich in einem ruhigen Randbezirk von Chowd befand, in einer fast geraden Straße, an deren Seiten in unregelmäßigem Abstand verschiedene Bäume und Hecken wuchsen, lungerten zwei alte Männer herum, die offensichtlich Mühe hatten, sich zu bücken, und die sich nur sehr langsam bewegten. Ab und zu legte sich sogar einer auf eine der in dieser Straße zahlreichen Bänke und schien zu schlafen.
Solche Alte gehören in mongolischen Städten zum Alltagsbild. Von dem bisschen Geld, das sich Rente nennt, kann kein Mensch leben. Entweder die Familie sorgt für ein Überleben oder die Alten machen sich nützlich, wie und wo es nur geht. Die häufigste Möglichkeit ist das Einsammeln von Dingen, die eventuell noch brauchbar sind, deswegen trägt jeder mindestens eine zusammengefaltete Plastiktasche bei sich. Hat ein Rentner eine volle Tüte im Arm, dann war er erfolgreich, dann konnte er seinen Beitrag zum Familieneinkommen leisten. Niemand, kein Hausmeister, kein Polizist, kein Grundbesitzer würde solche Personen weiterjagen.
Auch die beiden alten Männer vor der Schule hatten offensichtlich ihre großen Tüten schon recht gut gefüllt. Der Inhalt war allerdings nichts Eingesammeltes oder Aufgeklaubtes. Während jeder der beiden im Hosenbund eine Pistole stecken

hatte, waren in den Tüten Ersatzmagazine sowie ein uraltes, aber für ihre Zwecke mehr als brauchbares Funkgerät. Beides, Waffe und Funkgerät, stammte aus längst vergangenen Zeiten, aus den Tagen der sowjetischen Roten Armee, und weil die Alten damals Angehörige der Speznaz waren, also Elitekämpfer, war die Qualität der Geräte völlig unbeeinflusst von der damals schlampigen, uneffizienten Planwirtschaft, sondern eben für die Speznaz-Angehörigen das Beste vom Besten gewesen. Alles funktionierte nicht nur heute so gut wie damals, sondern es war noch besser : Die damals verwendeten Funkfrequenzen waren ganz speziell verschlüsselt und waren somit auch heute noch von keinem modernen Apparat abzuhören, von den jetzt aktuellen digitalen Geräten schon gar nicht. Erwähnenswert sei auch die Tatsache, dass diese Alten in ihrer aktiven Zeit rund um den Globus im Einsatz gewesen waren, und wenn sie wie die Cowboys im Wilden Westen eine Kerbe in den Griff ihrer Waffe geritzt hätten für jeden Erschossenen, dann hätten sie sich durchaus ab und zu eine neue Pistole zulegen müssen. Und dass diese Alten Batdorj nicht nur einmal das Leben gerettet hatten, ist eine andere Geschichte und wurde bereits erzählt.

Und etwas ganz Besonderes zeichnete diese Senioren aus : Ihre grenzenlose Geduld. Niemals wurden sie unruhig, nervös oder auch nur das geringste Bisschen beeindruckt, wenn die Zeit nicht mit ihnen arbeitete.

Einer der wichtigen Aufträge dieser beiden Alten war einmal vor ungefähr fünfzig Jahren, als sie jung, frisch und von Erfolgen beflügelt waren, ein Einsatz in England gewesen, und da hieß es tatsächlich Geduld bewahren. Ihre Order hieß, den für die Führung der Sowjet-Regierung unangenehmen Außenminister, ein Mr. P., zu eliminieren, allerdings keinesfalls einfach so aufzulauern und zu erschießen, sondern lange beobachten, auskundschaften und die Tötung so auszuführen, dass sie keinesfalls Spuren in Richtung Sowjet-Union hinterließen. Dafür wurde ihnen ein Zeitfenster von zwölf Monaten eingeräumt.

Sechs langweilige Monate lang observierten sie den Minister, was durchaus schwierig war, denn dieser besaß ja zwei Leibwächter und die beiden Speznaz durften unter keinen Umständen auffallen. Sie durchleuchteten sein Familienleben, sie sammelten seine Vorlieben und seine Schwächen, sie notierten alle Freizeit- und Hobbyaktivitäten, sie warteten bei Hitze und Kälte vor dem Haus, in dem der Außenminister mindestens dreimal in der Woche seinen englischen Herrenclub besuchte.

Und dann plötzlich ergab sich die ideale Gelegenheit. Durch einen Kontakt aus seinem Herrenclub begann Mr P. eine Affaire mit einem Call-Girl, einer reizenden, sehr hübschen jungen Frau namens Christine K., und die halbe Zeit, die seine Frau ihn im Club wähnte, war er in der Wohnung dieser attraktiven Dame. Seine beiden Personenschützer ließ er dabei verständlicherweise unten im Auto sitzen, die Wohnung von Christine K. befand sich im fünften Stock eines Wohn- und Geschäftshauses in der Londoner Stadtmitte, und es herrschte hier reger Verkehr.

Als die Call-Girl-Besuche bereits so regelmäßig waren, dass sich die beiden Speznaz an fünf Fingern abzählen konnten, wann Mr P. das nächste Mal in der Wohnung im fünften Stock wäre, waren sie bereits eine Stunde vorher im Stockwerk darüber. Sie ließen dem Außenminister knappe zehn Minuten, sich ins Vergnügen zu stürzen und begaben sich eine Etage tiefer. Das Türschloss lautlos zu öffnen war ein Kinderspiel. Was sie danach sahen, war eigentlich eine peinliche und lachhafte Geschichte gewesen, denn der Mann, wegen dem sie gekommen waren, übte mit der Wohnungsinhaberin eines der damals mehr als verrufenen Spielchen in rosa Unterwäsche aus, während diese völlig unbekleidet war.

Während der eine mit einem gezielten Schlag die junge Frau in Ohnmacht versetzte, schoss der andere - so als hätte jemand die Waffe bedient, der noch nie vorher eine in der Hand gehabt hatte - fünfmal auf Mr P., einmal davon ziemlich genau ins Herz, selbstverständlich mit Schalldämpfer. Dem Call-Girl Christine K. wurde noch eine Spritze verpasst, die sicherstellte, dass sie noch einige Zeit nicht aufwachen würde, dann verließen die Speznaz die Wohnung, wobei sie die Wohnungstür nur anlehnten. Bevor sie das Haus verließen, riefen sie anonym einen der bekanntesten Londoner Journalisten an und erklärten ihm, warum er Interesse daran haben müsste, möglichst rasch in dieses Haus und in diese Wohnung zu kommen.

Wiederum ein Stockwerk höher warteten sie ab, bis der Journalist in Begleitung eines Fotografen herbeieilte und beide vorsichtig die Wohnung betraten. Danach verschwanden sie endgültig über die Rettungsleiter, die ziemlich uneinsichtig neben einem Kaminvorsprung auf der Rückseite des Gebäudes hing.

In den Sensationsberichten sowie Fotos der Regenbogenpresse war alles klar:

Ein eifersüchtiger Freund der Christine K., der vermutlich sogar noch einen Wohnungsschlüssel besessen haben musste, hatte den mit diesen ekelhaften Sexspielchen beschäftigten Mr P. in Rage erschossen, vielleicht wusste er ja nicht einmal, dass dieser Kunde der Außenminister war. Auch die Ehefrau des Ermordeten war angewidert und ließ, so klang es jedenfalls in den Zeitungsberichten, durchklingen, dass dem alten geilen Bock Recht geschehen wäre. Zu keiner Zeit vermutete die ermittelnde englische Polizei einen politischen Hintergrund. Natürlich fand man niemals einen Täter, aber die junge Christine K. wurde in der damals nach außen hin doch recht prüden Zeit nach allen Regeln der Kunst diffamiert und fertiggemacht, ihre Fotos fanden sich noch sehr lange Zeit in den Zeitschriften, es wurden ihr nun alle möglichen Affären zugeschoben und sie konnte sich in keiner Weise wehren und vor allem kaum noch irgendwo blicken lassen.

Also wie gesagt, Geduld besaßen die beiden Alten zur Genüge. Auch wenn so schnell nichts passieren sollte, sie konnten gar nicht anders, als ohne Unterbrechung alles zu beobachten, was in ihrer Sichtweite war. Doch diesmal war keine Geduld gefordert.

Es war gut eine Stunde nach Beginn der Unterrichtszeit, als der Hausmeister der Schule aus dem großen Tor trat, bis an den Straßenrand ging und dann prüfend nach oben sah. Sein Blick und automatisch auch der der beiden Alten ging von der Stelle, an der das Kabel für das Telefon unter dem Dach festgemacht war, über den ganzen Vorhof bis zu der dünnen hohen Betonsäule, an der sowohl die Stromleitung als auch eine Straßenlaterne als auch der Telefondraht angebracht waren, letzterer allerdings hing in zwei Teile auseinandergeschnitten herab.

Der Hausmeister machte etwas, das bei Mongolen unüblich und recht selten ist, er fluchte ausgiebig. Dann zückte er sein Handy, und die beiden Alten konnten klar hören, wie er bei der Telefongesellschaft um rasche Reparatur nachsuchte.
Verwunderlich, weil ebenfalls nicht üblich, war, dass bereits nach fünf Minuten ein kleinerer Lieferwagen dieser Telefongesellschaft vorfuhr. Zwei Monteure verschwanden in der Schule, kamen mit dem Hausmeister wieder heraus und begutachteten den Schaden. Dann lehnte der eine mit Hilfe des Hausmeisters eine Leiter an die Säule und stieg nach oben, während der andere Monteur mit seinem Kasten wieder das Schulhaus betrat. Es dauerte erstaunlich lange, die beiden Kabelhälften wieder zusammenzuflicken, wobei der Monteur öfters hinab- und dann wieder hinaufstieg und immer, wenn er unten war, den Hausmeister in ein Gespräch verwickelte. Schließlich kam der zweite Monteur wieder aus der Schule und ab da war die Reparatur sehr schnell erledigt. Die beiden stiegen in ihr Auto und fuhren davon. Dem Hausmeister, der nun wieder in das Schulgebäude ging, fiel nicht auf, dass die beiden Alten, die seit dem frühen Morgen hier herumlungerten, nicht mehr da waren. Der eine war kurz hinter dem zweiten Monteur ins Schulhaus ge-schlichen und der andere befand sich zusammengekrümmt und mit Kabelrollen bedeckt im Lieferwagen.

* * *

Bruder Andreas lebte nur noch wie eine Holzpuppe. Wie eine Holzpuppe ohne echte Gefühle, ohne wirkliche Wahrnehmung und fast ohne Denken. Er erledigte ohne Widerrede und ohne alle kritischen Anmerkungen alle angeforderten Schreibarbeiten, er war in Windeseile zur Stelle, wenn er gerufen wurde, er nahm alles hin, was mit ihm und um ihn herum geschah. Wenn die anderen aßen und tranken, dann nahm auch er Speise zu sich, doch es war völlig egal und einerlei, ob es schmeckte oder nicht, ob es zu viel war oder ob er hungerte und dürstete.

Das einzige, was ihn noch aufrecht hielt und verhinderte, dass Verzweiflung und völlige Resignation über ihn hinwegschwappten wie eine Sturmwelle im Meer, das war das Sehnen nach Rache. Immer wieder, wenn sich Gelegenheit bot, war er in der Nähe des Fluch-Schreines. Er belauerte die Wächter, er suchte nach dem Moment, in dem er an den gläsernen Schrein herankäme. Und das würde seine Rache sein : Er würde die Rolle öffnen, sich in den Kreis der Jurten Dschingis Khans stellen und den Fluch laut vorlesen. Gewiss, das würde dann das Ende der Welt für ihn werden, das wird sein sicherer Tod sein. Doch er würde mit Freuden das Tor in die nächste Welt durchschreiten mit der Gewissheit, diese abergläubischen Barbaren mit seiner Rache in Angst und Schrecken versetzt zu haben. Was hatte er noch zu fürchten, er, der Heimatlose, von der eigenen Kirche ausgestoßen, einsam und allein zwischen all diesen rauen, fürchterlichen Menschen ?

Und konnte ihm denn Gott verübeln, dass er als Gefangener zwischen diesen Mongolen an seinem Leben hing, dass er überleben wollte, um irgendwann nach Hause zurückkehren zu können ? Wie konnte dieser Bischof ihn verdammen, ihn, der er doch stets ein treuer Diener Christi gewesen war ?

Musste er tatsächlich dereinst im Fegefeuer schmoren dafür, dass er Prügel und Schläge und Erniedrigungen auf sich genommen hatte, immer dann, wenn er diesen Barbaren vom wahren Gott gepredigt hatte ?
Alle diese Gedanken mündeten nur in einem : Rache !
Es musste einfach der Augenblick kommen, an dem er den Fluch aus dem Schrein holen konnte, und dann : Rache !

„Was haben Sie sich denn dabei gedacht," fragte Timur unwillig und hielt Batdorj die neueste Zeitung vor die Nase, „überlassen einem Lehrer die ganzen Lorbeeren !"
Dann tippte er auf eines der Fotos, die die erste Seite zierten. Darauf waren drei Personen zu sehen, zwei davon hielten die Hände vors Gesicht, die dritte war der Lehrer Damdinsuren.
„Das sind doch Sie und Gökhan, da brauchen Sie mir nichts erzählen ! Und hier," er tippte auf das etwas größere Foto, in dem ein trotz rußverschmiertem Gesicht strahlender Lehrer dem Reporter offensichtlich ausführlich Bericht erstattete, und fuhr mit empörter Stimme fort „ und hier, diese einmalige Chance, diese Möglichkeit in den Medien unsere Arbeit gut darzustellen, und was haben Sie gemacht ? Sie drücken sich wie ein ertappter Taschendieb ums nächste Eck ! Dieser windige Lehrer ist der Held des Tages, und wir ? Ausgerechnet ein Lehrer, und wir ?"
Er schnaufte tief durch und ließ die Zeitung sinken.
„Der ist kein windiger Lehrer," Batdorj war ruhig geblieben, „ich kenne Damdinsuren, der ist in Ordnung. Und Held, na ja, ein bisschen was hat er schon an Lob verdient, der war schließlich mit seinen Schülern der erste, der versucht hat, die Kinder zu retten."

Timur starrte ihn an. „Na, von mir aus, aber warum in Buddhas Namen haben denn nicht Sie mit dem Zeitungsfritzen geredet ? Sie wissen doch genau, wie wichtig es ist, in der Presse überzeugend gutes Material über uns abzuliefern, wie kann man eine solche Gelegenheit nur sausen lassen ?"

„Timur," erwiderte Batdorj begütigend, „überlegen Sie doch mal. Wir waren im Einsatz und es handelt sich nicht um irgendwelche Kleinkriminellen. Sollen die Dreckskerle, die Sergej zusammengeschossen haben, sollen die Gökhans und mein Foto in der Zeitung sehen, damit sie ganz genau wissen, wer ihnen auf der Spur ist ? Wir wissen noch nicht, wie die aussehen, und die kennen uns dann sogar mit Bild ? Damit sie bei nächster Gelegenheit einen von uns aus dem Hinterhalt abschießen ?"

Timur starrte ihn nach wie vor an. Als er zu reden ansetzen wollte, klopfte es ungestüm an der Tür. Sie wurde aufgerissen und Tüti stürmte herein. Wortlos hielt sie Batdorj einen Brief hin, schwenkte ihn dann aber, als sie Timurs eisigen Blick sah, zum Polizeipräsidenten herum. Timur nahm den Brief in Empfang, musterte ihn kurz und gab ihn Batdorj. Der öffnete den Umschlag und las vor.

Unerklärlich ist die Milde des zuletzt gelesenen Satzes. Kein Kind kam zu Schaden. Doch wird der nächste Satz dafür um so grausamer sein ? Wir werden ihn noch heute Vormittag lesen, wenn nicht augenblicklich die gesamte Regierung, so wie wir es bereits einmal gefordert haben, zurücktritt.

Keiner sagte etwas.

Da klopfte es abermals recht kräftig an der Tür, sie wurde allerdings erst geöffnet, als Timur unwillig laut „Herein !" rief.

Ein junger Polizist trat ein, grüßte zunächst seinen obersten Chef und sagte dann zu Batdorj : „Schießerei in der Innenstadt, an dem Parkplatz vor dem Mongolia-Einkaufszentrum. Von Toten und Verletzten wird berichtet."

„Der Fluch," stöhnte Timur, „Batdorj, ich hab's gewusst, dieser Fluch richtet uns noch alle zugrunde. Schauen Sie bloß, dass Sie dorthin kommen und retten, was noch zu retten ist."

„Dieser vermaledeite Fluch !" entfuhr es dem Kommissar, doch bevor er eine erneute Mahnung des Polizeipräsidenten zu hören bekam, verschwand er rasch durch die Tür.

Er traf gleichzeitig mit dem Wagen der Spurensicherung auf dem Parkplatz des Großmarktes ein. Zwei Krankenwagen standen bereits am Straßenrand und die Zufahrt war von zwei Verkehrspolizisten abgeriegelt.

Dicht neben dem Tatort standen zwei Polizeiautos und die vier dazugehörigen Beamten waren vollauf damit beschäftigt, die Neugierigen fernzuhalten. Neben einem kleinen Lieferwagen der örtlichen Telefongesellschaft, dessen hintere Türen weit offen standen, lagen zwei Männer, die sich nicht mehr rührten und dies offensichtlich auch nie wieder tun würden, denn der eine hatte ein Einschussloch mitten zwischen den Augen und dem anderen war die Kugel durchs rechte Auge geflogen und hatte einen Teil des Gehirns herausgepustet. Keine drei Meter davon entfernt hoben Sanitäter eine dritte Person gerade vorsichtig auf eine Trage.

Batdorj eilte hinzu, sah auf die Trage, rief laut : „Scheiße, Gulnaz !", fiel auf die Knie und beugte sich über den Verwundeten.

„Gulnaz!" rief er wieder, denn der, der da vor ihm lag, war der Anführer der Alten, der ihm vor einem halben Jahr zweimal das Leben gerettet hatte.
„Väterchen Gulnaz!"
Einer der Sanitäter zog ihn kräftig am Ärmel.
„Der hört Sie nicht mehr," der Mann schüttelte den Kopf, „der hört im Moment gar nichts, und wenn Sie wollen, dass er noch eine kleine Chance hat, dann stehen Sie uns nicht im Weg, der muss auf dem schnellsten Weg ins Krankenhaus."
„Ach du haarige Kamelscheiße," sagte im selben Moment jemand neben Batdorj, es war Gökhan, der sich vorbeugte.
„Das ist doch Väterchen. Batdorj, hat der etwa …."
Er konnte nicht ausreden, denn Batdorjs Handy klingelte.
„Was gibt's?" fragte er mit trockenem Hals und merkwürdigerweise plötzlich heiserer Stimme.
„Tselmeg hier, Batdorj, Grundschule Nr 3, da …"
„Was für Tselmeg?" Batdorj konnte den Anrufer nicht einordnen, er machte drei Schritte rückwärts, denn die Sanitäter hatten nun die Trage angehoben und schoben sich in Richtung Krankenwagen auf den Weg. „Ich kenne keinen Tselmeg und ich hab' jetzt auch gar keine Zeit."
„He, Söhnchen," die Stimme des Anrufers kam ihm auf einmal bekannt vor, „ich bin's, Gulnaz' Partner, du wirst dich doch an mich erinnern, oder?"
Gulnaz' Partner? Batdorj drehte sich halb und sah sich automatisch um. „Bist du hier in der Nähe?" fragte er. „Ich meine, bist du nicht bei Gulnaz?"
„Wir haben uns getrennt, Söhnchen, und das aus gutem Grund. Und was heißt ‚hier in der Nähe', bin ich Hellseher, ich hab' doch keine Ahnung, wo du jetzt gerade bist. Aber egal,

wo du dich gerade aufhältst, wichtiger ist, dass du sofort herkommst, hörst du ? Grundschule Nr 3, Bombe."

Bombe ? Batdorj schwirrte der Kopf. Dann, wie mit einem Schlag, war sein Hirn plötzlich klar, glasklar.

„Bombe in der Grundschule Nr 3," sagte er hastig zu Gökhan, „alarmieren Sie den Experten-Trupp, ich kümmere mich sofort um die Evakuierung."

„Halt," rief die Stimme aus dem Handy, und beide konnten es hören, denn Batdorj hielt das Telefon nicht mehr am Ohr, sondern vor sich in der rechten Hand, „halt, Söhnchen. Nix Experten und nix Evakuierung, es genügt, wenn du herkommst. Die Bombe ist schon entschärft. Keine Gefahr mehr für die Schulkinder. Ich brauch' eigentlich nur jemanden, der mich und die Bombe abholt."

Wie bereits ein paar Mal in diesem verfluchten Fall kam sich Batdorj vor wie ein Zuschauer, nicht wie ein aktiv Beteiligter.

„Du hast was gemacht ?" fragte er ungläubig.

„Ja, meinst du, Söhnchen," kicherte am anderen Ende die Stimme des Alten, „wir hätten zu unseren Zeiten ein Experten-Team rufen können ? In Washington oder London oder Paris ? Eine Bombe zu entschärfen, na das gehörte ja schon zur Grundausbildung. Und jetzt komm besser, wenn die Schulglocke läutet und die Kinder rennen, dann werd' ich womöglich noch des Diebstahls bezichtigt."

Batdorj schnaufte tief durch. „Ich bin gleich da," sagte er ins Handy und zu Gökhan : „Fahren Sie mit ?"

Dieser nickte, doch als sie sich umdrehten, kam der Chef der Spurensicherung auf sie zu.

„Batdorj," meinte er mit gewichtiger Betonung und ernster Miene, „vielleicht sind Sie schlauer als ich. Es sieht so aus, als

ob an dieser Schießerei nur drei Personen beteiligt waren, diese beiden Telefon-Mechaniker und der alte Knabe, den sie ins Krankenhaus bringen. Telefon-Angestellte, die bewaffnet sind und diese Waffen in der Öffentlichkeit benutzen, da kann ich mir keinen Reim drauf machen. Aber noch verrückter, ein ich schätze mal über Siebzigjähriger, ebenfalls bewaffnet, zwar schwer getroffen, befördert aber seine beiden Kontrahenten ins Jenseits, einmal davon wie ein Zirkusschütze und wie ausgemessen zwischen die Augen. Merkwürdig auch, dass keiner der beiden Mechaniker einen Dienstausweis oder irgendwelche sonstigen Papiere bei sich hat, auch im Auto liegt keine Auftragsmappe oder irgendwas, woraus man schließen könnte, was sie hier wollten. Ich kann Ihnen nur den Segen aller Vorfahren bei diesen Ermittlungen wünschen, ich selbst blick' nicht im Mindesten durch."
Als Antwort wies Batdorj auf Tüti, die in diesem Moment aus ihrem Wagen stieg. „Erzählen Sie alles Tüti nochmal, die übernimmt. Ich muss dringend weg."
Als sie mit eingeschaltetem Blaulicht durch die Straßen Chowds rasten, kamen sie beide zur selben Überlegung.
„Batdorj," sagte Gökhan, „wenn Gulnaz und Tselmeg gemeinsam die Schule bewacht haben und ihnen an den Telefon-Mechanikern etwas auffiel, dann bedeutet das ….."
„Dann bedeutet das," fiel ihm Batdorj ins Wort und nickte grimmig, „dass der eine sich in die Schule geschlichen hat, um festzustellen, wo die Bombe deponiert wird und sie im Nachhinein entschärft hat, und der andere sich im Auto versteckt hat und so den beiden, die natürlich keine Leute der Telefongesellschaft waren, auf der Spur bleiben wollte."

„Und auf dem Parkplatz entdeckten sie Gulnaz," meinte Gökhan nachdenklich, „wahrscheinlich wollten sie Autos tauschen. Und dann bedeutet das, dass die beiden Toten zu denen gehören, hinter denen wir her sind."
Batdorj nickte. „Kann sein. Genauer werden wir es erst erfahren, wenn Gulnaz reden kann. Wenn….. !"
„Passen Sie auf," schrie Gökhan, „der Laster ! Dieser Trottel fährt raus !"
In letzter Sekunde bemerkte der Lastwagenfahrer Batdorjs Auto und blieb mit einer kreischenden Vollbremsung stehen. Gleichzeitig hatte Batdorj einen rasanten Bogen gelenkt, war mit dem linken Vorderrad über den Rand des Gehweges gerumpelt und raste nun die Straße weiter.
„Mein armes Rückgrat," jammerte Gökhan, „dass Sie immer noch keinen neuen Wagen haben, ist eine Schande."
Batdorj brummte vor sich hin und trat dann auf die Bremse, denn sie waren vor dem Hof der Schule. Gleich neben der Schulhaustür stand der Alte, Tselmeg, und grinste ihnen entgegen.
„Bis hierher hab ich den Kasten schleppen können," meinte er fröhlich, „aber der ist schon verdammt schwer, am besten tragt ihr ihn zu zweit zum Auto."
Batdorj schüttelte den Kopf. „Und wenn jetzt was schiefgegangen wäre mit diesem Scheißding ?"
„Söhnchen, ganz einfach, dann hätt' ich dich sicher nicht angerufen, dann wäre ich bei meinen Ahnen. Aber das hat ja noch Zeit, wie du siehst." Stolz fügte er hinzu : „Ich versteh' mein Handwerk noch genau so gut wie vor fünfzlg Jahren, und an den Dingern hat sich im Großen und Ganzen nicht viel

geändert. Na ja, ein bisschen länger hab ich vielleicht gebraucht dafür als früher."

„Na, ich danke," Batdorj dachte mit Grausen daran, was hier los gewesen wäre ohne die beiden Alten, und da fiel ihm Gulnaz ein. Seine Miene verdüsterte sich. „Gulnaz ist zusammengeschossen worden, ich war vorhin dabei, wie sie ihn ins Krankenhaus transportiert haben."

Tselmegs Lachen war aus seinem Gesicht verschwunden. „Und die beiden Terroristen?"

„Die hat er sauber erledigt. Aber wenn ich den Sanitäter richtig verstanden habe, dann schaut es nicht gut aus mit ihm."

Tselmeg sagte nichts. Er sah zu, wie Batdorj und Gökhan den Kasten mit der entschärften Bombe vorsichtig auf den Rücksitz schoben und zwängte sich dann daneben. Als sie losfuhren, murmelte er etwas. Gökhan drehte sich zu ihm um und sah ihn fragend an. In Tselmegs Augen lag ein aggressives Glitzern und laut wiederholte er: „Niemand schießt einen von uns ungestraft nieder. Die Ahnen warten schon auf diese Mistkerle."

* * *

Eine eigenartige Krisensitzung war die Versammlung, die in Timurs Büro stattfand. Eigenartig wegen der verschiedenartigen Teilnehmern, da waren Batdorj und seine Stellvertreterin Tüti, da war Gökhan als Vertreter des Geheimdienstes und da waren die Herren, die den Altersdurchschnitt weit nach oben drückten, der ausländische

Professor A-lo-is sowie zwei dieser alten Elitekämpfer. Eigenartig aber auch, weil der Polizeipräsident die ganze Geschichte ungewohnt straff und mit scharfsinnigen Einwürfen leitete.

„Ich habe mich bei alten Kollegen, die auch mit diesem Tschou-En-Lai zu tun gehabt haben, umgehört," meinte der Professor, „und die haben alle meine Erinnerung bestätigt, dass dieser ein Einzelgänger gewesen ist, keine Freunde, kein Umgang mit anderen Studenten. Da ist also kein weiterer Name, der uns weiterbringen könnte."

„Und wie weit ist der Geheimdienst mit dieser Spur?" wollte Timur von Gökhan wissen.

„Eine blöde Sache," antwortete der, „ein Stück weit sind wir in seinem Leben gekommen. Nach dem Gaststudium in Ulan Bator hat er ein Stipendium für Politische Wissenschaften an der Pekinger Universität bekommen, hat mit gutem Erfolg abgeschlossen und ist in den Diplomatischen Dienst übernommen worden. Nach seinem ersten Einsatz als Sekretär des Botschafters in Ägypten kehrt er – angeblich Urlaub – nach Peking zurück und taucht nirgends mehr auf." Er zuckte mit den Achseln. „Was in Kairo eventuell passiert ist, um so etwas nachzuvollziehen müssten wir Kontakte zu den Amerikanern bemühen, aber da läuft sicher nichts, für so was müssen handfeste Gründe vorliegen, und wir laufen ja im Moment nur einem Verdacht nach. Erfahrungsgemäß reagieren die Amerikaner recht rasch, wenn es um etwas geht, von dem sie selbst betroffen sein könnten, aber so ….."

Timur nickte. „Das ist verständlich. Und die Anrufe auf dem Terroristen-Handy?"

„Die gingen alle an eine größere Filiale eines staatlichen Reiseunternehmens, und auch da," Batdorj meinte in Gökhans Gesicht so etwas wie Verlegenheit zu sehen, maß dem aber keinerlei Bedeutung zu, „aber da," fuhr Gökhan fort, „etwas Genaueres herauszubringen, dürfte wohl auch dauern."
Der Polizeipräsident sah Tüti an. „Wie sieht's mit unseren beiden Schwerverletzten aus?"
„Sergej ist zusammengeflickt, und wenn kein Infekt oder so was wie Lungenentzündung dazukommt, meinen die Ärzte im Militärhospital, dann wäre er über den Berg. Wann er aber und ob er überhaupt wieder in den Dienst zurückkehrt, wird die Zukunft zeigen. Bei Väterchen Gulnaz allerdings," sie machte eine sorgenvoller Miene, „sieht die Prognose nicht gut aus, er mag ja früher eine unverwüstliche Gesundheit gehabt haben, aber jetzt in dem Alter, ob da Herz und Lunge alle Operationen mitmachen?"
Timur wandte sich an Batdorj. „Wie geht's also weiter?"
Der räusperte sich. „Das ist die Frage aller Fragen. Alle Spuren verlaufen offenbar in eine Sackgasse. Wenn ich ganz ehrlich bin, hatte ich darauf gehofft, dass Gulnaz im Auto irgendwas Wichtiges mitbekommen hat, denn entdeckt haben sie ihn ja erst auf dem Parkplatz, sonst hätte es doch die Schießerei bereits unterwegs gegeben. Und wie wir weiter verfahren? Ich bin dafür, dass wir mit der Durchsuchung aller leerstehenden Gebäude weitermachen, und da haben wir außerhalb der Stadtgrenzen ja auch noch einige."
„Und das wird heute noch angepackt," befahl Timur, „nehmen Sie sich zehn Mann von der Ordnungspolizei, egal, was die gerade bearbeiten, und bilden Sie zwei weitere Gruppen! Und Tselmeg und Kaan," er wandte sich an die beiden

Alten, „Sie machen weiter mit der Schul- und Kindergartenüberwachung ?"

„Ja, unbedingt," antwortete Tselmeg, „aber für heute sehe ich keine Gefahr mehr, das ist höchst unwahrscheinlich, dass noch andere Bombenleger unterwegs sind. Ich habe alle unsere Leute zum Parkplatz und Umkreis beordert, dort kann im Moment kein Auto ein- oder ausfahren, ohne von uns registriert zu werden."

„Parkplatz ?" fragte Timur verwundert. „Meinen Sie wirklich, dass dort noch mal was passiert ?"

„Hoffentlich," grinste Tselmeg grimmig und nickte in Richtung Batdorj, „das hoffe ich inständig. Die Anregung dazu kam übrigens von Söhnchen Kommissar."

Timur war überrascht. „Von Söhn…, von Ihnen, Batdorj ? Wieso das denn ?"

Batdorj kratzte sich am Kopf. „Na ja," sagte er, „wir wissen natürlich nicht, warum die beiden Terroristen zu diesem Einkaufscenter gefahren sind, vielleicht wollten sie sich eine Brotzeit kaufen oder Wodka, um die gelungene Bombenlegung zu feiern. Möglich wäre aber auch, dass sie hier, wo so unheimlich viel los ist, einen Autotausch vorgehabt hatten, um nicht länger mit dem doch auffälligen Dienstwagen herumzukutschieren. Und das würde bedeuten, dass sie ihr anderes Auto vorher dort geparkt hätten, wenn also jetzt die Komplizen vom Fehlschlag und Tod der beiden erfahren, werden sie dann nicht so schnell wie möglich dieses Auto wegbringen wollen, um jegliche Spur zu verwischen ? Denn vielleicht haben die beiden ihre richtige Kleidung drin liegen oder ihre Handys oder was weiß ich."

Einen Moment lang sagte niemand etwas. Dann meldete sich der Professor zu Wort. „Meine Herren, ich will mich nicht in Ihr Fachgebiet einmischen, aber meiner Meinung nach müssen Sie auch auf die psychologische Seite der neuesten Ereignisse achten."

Er wartete etwas, und als Timur ihn mit einer Handbewegung aufforderte, weiter zu reden, fuhr er fort : „Der psychologische Effekt der heutigen Geschehnisse ist nicht außer Acht zu lassen. Die Drahtzieher der ganzen Geschichte werden sich nämlich fragen, woher Sie, also die Polizei, gewusst haben, dass dieser Anschlag auf die Schule erfolgen soll, denn wie sonst hätte das so gründlich danebengehen können, der Bombenanschlag vereitelt, zwei Attentäter getötet, Bombe mitsamt Kasten sichergestellt. Wär' ich einer von denen, ich würde äußerst unruhig werden, wenn nicht sogar panisch, denn dass das alles nur aus reinem Zufall passiert wäre, nein," er schüttelte ganz energisch seinen Kopf, „nein, das könnte ich keinesfalls glauben."

Einen Moment lang äußerte sich niemand dazu, dann fragte Timur: „Und wie ist dieser psychologische Effekt für uns zu nutzen ?"

„Das kann ich nicht beantworten," bedauerte Professor A-lois, „was ich meine, das ist, dass diese Leute, wenn sie unruhig sind, bestimmt Fehler machen, das Schlimme allerdings ist, dass, wenn sie panisch werden, sie sich möglicherweise zu einem ganz üblen, übertriebenen Anschlag hinreißen lassen."

„So quasi," murmelte Batdorj zustimmend, „um sich selbst zu beweisen, dass sie uns immer noch überlegen sind."

„Ja, doch, schon," der Professor klang ungeduldig, „aber das ist sekundär. Primär ist, dass Sie damit unter Zugzwang ste-

hen. Verstehen Sie ? Sie müssen weiter in diese Kerbe schlagen, mit viel Trara und Öffentlichkeitsarbeit und natürlich aktiver Suche. So wird die Unsicherheit der Fluchdiebe erhöht und damit die Chance, dass sie weitere Fehler machen."
„Öffentlichkeitsarbeit ? Das ist mein Fach," warf Timur rasch ein, „und wie der Professor richtig erwähnt, Fluchdiebe, vergessen Sie alle nicht, Fluchdiebe, unser aller letztes Ziel muss sein: Wiederbeschaffung des Fluches."

* * *

Seine Laufbahn als Krimineller hatte Manas in dem ländlichen Teil von Chowd-Aimag begonnen, dort, wo man nicht viel vom städtischen Betrieb der Kreisstadt Chowd mitbekam, wo alles noch ursprünglicher, einfacher und eben auch ärmer war. Als Jugendlicher, der ohne Eltern für sich selbst sorgen musste, hatte er bei Bauern und kleinen Handwerksbetrieben alles gestohlen, was sich zu Geld machen ließ, meist war seine Beute nicht viel wert und der Erlös reichte gerade zum Überleben, manchmal aber auch erwischte er Geräte, die sich ganz gut versilbern ließen. Dass er dazu Kontakte in die große Stadt brauchte, lernte er ziemlich rasch, und es dauerte nicht lange, dann mischte er in Chowd selbst mit.
Im Gegensatz zu anderen, die – kaum waren sie in der Stadt gelandet – sehr schnell ihre Herkunft vergaßen und ergo nicht mehr achteten, hatte Manas bis heute seine Kontakte in die ärmeren Gegenden von Chowd-Aimag nie abgebrochen. Nun ja, was man dort an Gewinn herausholen konnte, war im Vergleich zu allen Geschäften hier in Chowd nur ein Flie-

genschiss, doch es widerstrebte ihm, darauf zu verzichten. Sein ehrgeiziges Wesen ließ ihn unbewusst davor zurückschrecken, seine Finger auch nur aus der kleinsten Sache herauszuziehen. Außerdem verlor er auf diese Weise niemals den Überblick über die Szene, will heißen, er erkannte schnell genug, ob jemand versuchte, sich nach oben zu arbeiten und ihm womöglich die Stellung an der Spitze irgendwann einmal streitig machen könnte. Und solch rechtzeitiges Wissen konnte ja zu anderer Zeit sehr viel wert sein.

Und nicht zu verachten war auch die Tatsache, dass Manas mit Abkassieren des Fliegenschisses immerhin auch die Übersicht und Kontrolle behielt über Aktivitäten und über Menschen. Niemand sollte ihm je auf der Nase herumtanzen.

Und genau aus diesem Grund reagierte er augenblicklich, als ihm berichtet wurde, dass zwei kleine Diebe, die gestern ihren Anteil hätten abliefern müssen, sich bis heute nicht hatten blicken lassen. Das Gebiet dieser beiden kannte er genau, denn dort war er selbst aufgewachsen, und wo man nach ihnen suchen müsste, um ihnen eine Abreibung zu erteilen, da brauchte er nicht zu überlegen.

Er schickte den beiden drei Schläger auf den Hals, um ihnen für die Zukunft Pünktlichkeit einbleuen zu lassen.

Es wurde eine ungeplant lange Suche. Als man die beiden nirgends fand, die Wohnung des einen hatte man beim gründlichen Durchsuchen völlig verwüstet, und beim anderen, der noch bei seinen Eltern wohnte, hatte man den Vater verprügelt, aber der wusste auch nichts über den Verbleib des Sohnes, als man also keinen fand, fuhren Manas Schläger nach Chowd zurück. Und dabei wurden sie durch Zufall fündig.

Gleich zu Beginn eines kleinen Waldstückes musste der Fahrer eine Vollbremsung hinlegen, so stark, dass sich die beiden anderen, die nicht angeschnallt waren, die Birnen kräftig anschlugen und den Fahrer danach übel beschimpften. Ein fettes Wildschwein, das irgendetwas Längeres im Maul hatte, war ins Auto gelaufen und lag nun zuckend mitten auf der Fahrbahn.

Als die drei fluchend ausstiegen und das Wildschwein beiseite zerren wol-ten, stellte sich dieses längere Ding als ein menschlicher Arm heraus, an dem noch Kleidungsfetzen hingen, und der rote Tropfen verlor.

Während der eine Schläger sich am Straßenrand erbrach, ging der Fahrer neugierig zwei Schritte in den Wald.

„Scheiße!" rief er laut und winkte mit den Armen, die anderen sollten schnell kommen. „Scheiße! Da sind die zwei!"

Der Anblick, der sich nun Manas Leuten bot, ließ den einen sofort wieder würgen und keuchen, der andere wurde passenderweise leichenblass und machte sofort einige Schritte rückwärts. Hier nämlich lagen die Gesuchten, wobei der eine nur noch mit Mühe und Not zu erkennen war, denn das Wildschwein hatte sich mit diesem bereits intensiv beschäftigt.

Nach ein paar Minuten saßen die drei wieder in ihrem Auto und rasten nach Chowd. Als der eine wieder zu würgen begann, fuhr ihn der Fahrer an : „Du bist doch ein Schwächling! Hör endlich auf, sonst hau ich dir eins aufs Maul."

Der andere hielt die Hand vor den Mund, schluckte ein paar Mal mühsam und fragte dann : „Und was jetzt ?"

„Und was jetzt, und was jetzt," blaffte der Fahrer zurück, „wir fahren direkt zu Manas und erstatten Bericht, was sonst."

„Der wird nicht begeistert sein," murmelte der dritte aus dem Fond.

„Ja, weil ihr Flaschen seid," entgegnete der Fahrer verächtlich, „oder hat einer von euch zwei nachgeschaut, was wirklich los war, hä ?"

Als keinerlei Antwort kam, fuhr er fort : „Was wollt ihr zwei denn Manas berichten ? Meint ihr Trottel, die Sache mit dem Wildschwein interessiert ihn ?"

Nein, die Sache mit dem Wildschwein interessierte Manas nicht im Geringsten. Wichtiger war ihm, dass der Fahrer sich die unversehrte Leiche genauer angesehen und zwei Einschusslöcher bemerkt hatte.

„Haben wir doch etwa neue Konkurrenz in unserem Gebiet ?" meinte er nachdenklich. „Und gleich so aggressiv, dass sie andere umlegen ?"

Er überlegte eine Weile, und die drei Schläger wagten nicht einen Mucks.

„Ich kann mir eigentlich nichts anderes vorstellen," sagte er dann kopfschüttelnd, „ein Bauer, bei dem sie einbrechen, erschießt doch nicht beide und legt danach die Leichen in den Wald. Nein, da steckt sowas wie Konkurrenz dahinter, und das heißt, wir müssen reagieren. Und zwar schnell. Ihr besorgt euch Waffen und sucht dort die ganze Gegend ab. Redet mit allen, die für uns arbeiten, horcht die Leute in den Teestuben aus, ob man von irgendwas redet, und schaut euch gründlich um."

Als die drei sich anschickten zu gehen, rief er sie noch einmal zurück.

„Ihr seid euch im Klaren darüber," mahnte Manas, „dass die anderen nicht lange fackeln. Also jedem Fremden gegenüber

Wachsamkeit, und ich erwarte, dass ihr zuerst schießt. Kapiert?"

* * *

Der Khan aller Khans saß auf dem schmucklosen Holzklotz vor seiner Jurte und starrte grübelnd vor sich hin. Nicht nur weil er diesen Titel innehatte, das Alter an sich gebot allen Mongolen, Respekt zu erweisen. Jeder Junge zeigte dem Alter und der damit einhergegangenen Erfahrung und Weisheit Ehrerbietung. Aber war er inzwischen womöglich über dieses Stadium hinaus, war er bereits so alt, dass er nicht mehr alles übersehen konnte, dass er weich geworden war, dass er falsche Entscheidungen treffen konnte?
Dieser Schreiberling hatte den Tod verdient, und nicht nur das, er selbst, Dschingis Khan, hatte dies ja befohlen und angedroht für ausnahmslos jeden, der versuchen sollte, an den Fluch heranzukommen.
Und was hatte Bruder Andareas getan, als er, der Khan aller Khans, für einige Tage mit zwei seiner Lieblingssöhnen auf der Jagd gewesen war? Er hatte vorgetäuscht, in seinem Auftrag den Schrein öffnen zu müssen, und dies hatte er so geschickt und mit solcher selbstbewussten Autorität gemacht, dass die Wachen ihn um ein Haar hätten gewähren lassen, um ein Haar, wäre es nicht durch einen albernen Zufall seinem fünften Sohn Timucin aufgefallen.
Und was hatte er getan, er, der Khan aller Khans, der solch Verhalten unter Todesstrafe gestellt hatte? Er hatte gezögert. Er hatte den Schreiber nur wegsperren lassen. Und warum?

Und mit welchen Folgen ? Darüber versuchte er sich im Moment klar zu werden.

Was war das für ein eigenartiges Gefühl ? Was hinderte ihn daran, Bruder Andareas vierteilen und an die Raubtiere verfüttern zu lassen ?

Dschingis Khan war zwar alt, aber sein Verstand war noch scharf genug.

Dschingis Khan war zwar nicht mehr direkt an Kämpfen beteiligt, aber er war weder feig noch unentschlossen geworden, er war mutig wie eh und je.

Dschingis Khan hatte zwar schon öfter überlegt, ob es an der Zeit war, seinen Sohn Temudschin als Khan aller Khans ausrufen zu lassen, aber noch war es nicht soweit, noch hielt er die uneingeschränkte Macht in seinen eigenen Händen.

Was also hatte ihn bewegt, seinen eigenen Befehl zu missachten ?

Wie seine Krieger es von ihm kannten, saß er still und bewegungslos auf seinem Holz, aber seine Augen erfassten alles, was in der Runde der Jurten geschah. Niemand wagte ihn zu stören, alles ging um ihn herum seinen gewohnten Gang.

Warum nur hatte er gehandelt, wie es keiner von ihm erwartet hatte ? Als Schreiber war Bruder Andareas nicht zu ersetzen, aber das allein konnte ihn doch nicht bei solcher Freveltat vor der angekündigten Strafe retten.

Oft genug in seinem Leben hatte der Khan aller Khans einen Gegner belogen, ihm Unversehrtheit zugesichert, wenn er sich ergeben würde, und danach doch alle niedergemetzelt. Niemals hatte er deswegen Skrupel oder Bedenken gehabt,

schließlich ging es um Politik und Macht, und aus welchem Grund sollten diesmal Skrupel von ihm Besitz ergriffen haben.
Er fand in sich keine Begründung, warum er diesen Schreiber am Leben ließ. Ein dumpfes Gefühl war da, als ob jemand sein Gehirn, sein Denken in dieser Angelegenheit entlang eines vorgegebenen Weges gezerrt hatte.
Hatte er zum ersten Mal in seinem langen Leben Angst? Aber wovor denn?
Vor dem Fluch? Hatte die alte Hexe mit diesem Fluch irgendetwas bei ihm bewirkt? Aber der Fluch war doch weggesperrt. Und sein Sohn Temudschin hatte selbstverständlich Recht, wenn er in vorwurfsvollem Ton sagte: „Wenn Bruder Andareas von nun ab weiß, dass er ohne Strafe davonkommt, dann wird er es doch wieder versuchen. Immer wieder, bis er an den Fluch herankommt."
Ja, sein Sohn hatte Recht, und er wusste nichts darauf zu antworten geschweige denn, was zu tun war. Und er hatte nichts geantwortet.
Dschingis Khan, der Beherrscher der Welt, erhob sich langsam und wanderte der Jurte seiner Lieblingsfrau, der Mutter Temudschins, zu. Bei ihr wollte er für heute nicht mehr an dieses Grübeln, an dieses Problem denken.
Und die Posten am Schrein, die würde er verdoppeln lassen mit dem zusätzlichen Hinweis, dass sie, wenn sie ihren Kopf behalten wollten, jegliche Annäherung des Schreibers an den Fluch-Schrein zu unterbinden hatten.

* * *

Gleich anschließend an die Krisensitzung hatte Batdorj sich um zusätzliche Leute bemüht - die Zahl zehn war von Timur ein bisschen leichtfertig ins Spiel gebracht worden, denn jede Abteilung litt bekanntlich unter Personalnot, und altgediente Verkehrspolizisten kamen kaum in Frage, also war er froh, wenigstens drei Mann von der Kriminalpolizei und einen von der Ordnungspolizei bekommen zu haben, dazu kamen drei junge Männer von der Polizeischule, die hier ein halbes Jahr Praktikum abzuleisten hatten, ohne jegliche Erfahrung also, aber sie hatten bereits gelernt mit der Waffe umzugehen, und er musste die beiden ja nicht unbedingt an vorderster Front einsetzen.

Nach einer kurzen aber betont ernsten Einsatzbesprechung brachen die nunmehr vier Gruppen auf, die neu gebildete Gruppe stand unter dem Befehl eines Geheimdienstlers, fehlende Ortskenntnis waren hier kein Problem, da die restlichen Gruppenmitglieder alle aus Chowd-Aimag waren.

Weil die Provinz rund um die Stadt Chowd von der Fläche her naturgemäß um ein Vielfaches größer war, ordnete Batdorj an, dass alle Gruppen im Osten, also in der ärmsten Gegend, beginnen sollten. Um sich im Ernstfalle gegenseitig wirksam und ohne großen Zeitverlust helfen zu können, bekam jede Gruppe ein den anderen nahe liegendes Gebiet.

Mit den Alten hatte Batdorj vereinbart, dass sie sich alle für heute auf den Parkplatz am Einkaufszentrum konzentrieren sollten, der Unterricht an den meisten Schulen war sowieso schon beendet und es war doch höchst unwahrscheinlich, dass in diesem Bereich heute noch etwas passieren würde. Außerdem hatte er Tselmeg dringend gebeten, etwaig auftauchende Terroristen nicht weiter zu dezimieren. Am besten wäre eine Verfolgung, und dafür stand auf dem Parkplatz ein Zivilfahrzeug der Kriminalpolizei, in dem nur eine weibliche Angehörige des Geheimdienstes saß, die hoffentlich eben nicht auffallen würde, auch dann nicht, wenn ein oder zwei alte Männer rasch zusteigen und mit ihr losfahren würden.

In gewohnter Weise mit Plastiktüte in der Hand durchstreiften die Alten den doch ziemlich großen Parkplatz und beobachteten dabei alle, die aus- oder einstiegen. Besonders achteten sie natürlich darauf, ob man irgendwo ein Auto sah, das nicht neu hinzugekommen war, also schon länger stand als sie selbst hier waren. Im Laufe von zwei Stunden stellten sie fest, dass dies auf über zehn Wagen zutraf, die zudem recht weit auseinander standen. Es ließ sich also keine Stelle ausschließen und so blieb es beim Herumstreifen. Bei dem regen Kommen und Gehen, das hier am Einkaufszentrum herrschte, konnte es zumindest niemandem auffallen, dass die Alten sich über einen längeren Zeitraum auf dem Parkplatz aufhielten.

* * *

Von den drei uralten, offiziell leer stehenden Gebäuden, die Batdorj mit seiner Truppe als erstes kontrollierte, waren zwei genutzt von irgendwelchen Bauern der Umgegend, das eine war ein Unterstand für landwirtschaftliche Geräte, das andere war notdürftig hergerichtet und schon von weitem hörte man das Blöken von Schafen. Beim dritten brauchten sie nicht einmal aus den Autos auszusteigen, denn das Gebäude war nicht nur in sich zusammengefallen, sondern man sah hier nur noch wenige Überreste der Mauern, offenbar hatte jemand sich Steine und Holzbalken für irgendwelche Bauzwecke geholt.

Batdorj telefonierte während der Weiterfahrt kurz mit den anderen Gruppen, um zu erfahren, ob es etwas Interessantes gäbe. Er hatte das letzte Gespräch gerade beendet und das Handy noch in der Hand, als er das Steuer seines Ladas mit der anderen Hand herumreißen musste, denn der Weg führte in einem engen Bogen zum nächsten Kontrollobjekt, wobei die Sicht durch eine verwilderte Hecke arg eingeschränkt wurde und man erst im letzten Moment sehen konnte, dass der Weg abrupt vor dem Gebäude endete, noch dazu war mitten auf dem Weg ein Wagen abgestellt.

Genau in dem Moment, in dem der Lada mit quietschenden Bremsen zum Stehen kam, verließen zwei Männer mit Pistolen in den Händen das Haus. Nach zwei Schritten blieben sie stehen und schauten überrascht hin und her. Der eine hob seine Waffe, als wollte er zielen, aber als der zweite Wagen um die Kurve kam, verschwanden die beiden blitzschnell im Haus.

„Haus umstellen," schrie Batdorj, „noch nicht schießen, ich will die Kerle lebend!"

Da krachte ein Schuss und die Kugel schlug mit einem metallischen Kreischen in die Beifahrertür des Ladas ein. Batdorj legte den ersten Gang ein und rumpelte mit Vollgas durch die mit hohem Gras bewachsene Wiese hinter das Gebäude, das wohl vor langer Zeit einmal eine Art Bauernhof gewesen war. Der Fahrer des zweiten Wagens wartete kurz, bis zwei Männer aus dem Auto gesprungen waren und sich hinter dem parkenden Wagen in Deckung warfen und fuhr dann auf der rechten Seite an das Gebäude heran. Nun konnte kein Mensch mehr das Haus verlassen ohne gesehen zu werden. Batdorj gab an die anderen Gruppen das Einsatzzeichen durch, und dann war gut eine Viertelstunde absolute Stille, im und vor dem Haus.

Ab und zu sah man kurz einen Schatten an einem der kleinen Fenster, zu kurz, um genau etwas erkennen zu können, und einmal wurde die Tür einen Spalt aufgeschoben, aber niemand kam heraus. Dann trafen die anderen Gruppen ein und ein undurchdringlicher Ring schloss sich um das Gebäude.

„Sind das unsere Zielpersonen?" fragte einer der Polizeischüler, der plötzlich neben Batdorj aufgetaucht war.

„Hinter dem Auto bleiben," bellte der Kommissar statt einer Antwort, „von euch kommt keiner zu nahe ans Haus, verstanden?"

Dass daraufhin der Polizeischüler völlig verschwand, fiel ihm nicht auf, denn Gökhan war in gebückter Haltung herbeigeeilt, jede Deckung nutzend.

„Hungern wir sie aus," fragte er mit seinem öligen Grinsen, „oder machen wir es wie Dschingis Khan und stürmen die Bude?"

Batdorjs Laune war, obwohl es schien, dass sie endlich am Ziel waren, also seine Laune war nicht besonders.

„Der Khan aller Khans hat es sich leisten können, ein paar Mann beim Sturm zu verlieren," brummte er übellaunig, „und das sieht wohl bei uns ein bisschen anders aus. Mir reichen Sergej und Gulnaz, nicht einen einzigen weiteren Mann riskier' ich."

„Dann eben aushungern," nickte Gökhan. Er ließ sich von Batdorjs Stimmung nicht beeindrucken. „Aber besser wär's, wir würden uns was einfallen lassen, ich glaub' nicht, dass Timur begeistert ist, wenn wir hier Jurten aufschlagen."

Batdorj brummte und kratzte sich am Kopf.

„Ich bin für Vorschläge, die Qualität besitzen, immer offen," meinte er, „aber das Risiko muss ….."

In diesem Moment krachte und schepperte es so laut, dass alle automatisch zusammenzuckten, und dem Lärm folgte ein Klirren wie von zerborstenen Glasscheiben. Das ganze Getöse war kaum verklungen, da setzte eine wilde Schießerei ein. Von der Seite, wo Gökhan und Batdorj sich im Moment befan-den, konnte man nicht sehen, was passiert war. Den Revolver in der rechten Hand wies Batdorj seinen Leuten die Stellung hier zu halten, und er und Gökhan schlichen so schnell sie konnten ums Eck.

Hier war die neue Gruppe postiert. Aus dem einzigen Fenster auf dieser Seite, das völlig zerschmettert war, wurde heftig geschossen, und immer wieder tauchte hinter Hecke und Auto ein Kopf eines Polizisten oder eines Geheimdienstlers auf und der dazugehörige Mann gab einen Schuss auf das Fenster ab.

Sehr viel Deckung gab es vom Lada bis zum Auto dieser Gruppe nicht, und so mussten Batdorj und Gökhan knapp über dem Erdboden entlang robben, wobei ihnen einmal eine Kugel dicht über die Köpfe hinweg pfiff.

„Was ist los bei euch?" fragte Batdorj den Anführer der Gruppe, als er endlich neben ihm hinter dem Auto kniete.
„Schaut so aus, als wenn alles geklappt hat, Chef," meinte dieser, „wenn mich nicht alles täuscht, sind die drei drin." Er wies mit der Hand zum nächsten Eck, das eigentlich nur ein Mauervorsprung war. „Guter Plan."
Batdorj verstand nicht. „Was für Plan?"
Jetzt sah ihn der andere verständnislos an. „Na, Ihr Plan, Chef, das halt, was Sie mit Jamar besprochen haben. Wir haben die ganzen Eimer und Kübel an die Wand und durchs Fenster geworfen und die Kerle in eine Schießerei verwickelt. Inzwischen sind die drei," er zeigte mit der Hand zu dem Mauervorsprung, „dort durch die Kellertür."
„Die drei? Etwa die Polizeischüler?" Diesen zornigen Ausruf Batdorjs konnte man rund ums Gebäude hören, denn im selben Moment, als er zu reden anfing, war jegliches Geschieße mit einem Schlag verstummt. Es war alles ruhig und still, immer mehr Polizisten tauchten vorsichtig aus der Deckung hoch und sahen sich um, die Waffen bereit in den Händen.
„Wo sind die drei?" Batdorjs nochmalige Steigerung der Lautstärke verriet, dass man seine Laune nicht gerade als fröhlich bezeichnen konnte.
Da ging mit einem lauten Knarren die Tür des Hauses auf und nacheinander flogen drei Pistolen heraus, die alle drei auf dem Weg landeten und dort noch zwei, drei Meter wieterschlitterten. Mehr stolpernd als gehend folgte ein Mann mit hoch erhobenen Händen und hinter ihm einer der Polizeischüler, der ihm die Waffe ins Kreuz drückte. Als er

Batdorj hinter dem Auto auftauchen sah, dirigierte er seinen Gefangenen dorthin.

„Hier ist der erste, Kommissar," sagte er stolz, „für die anderen beiden werden wir einen Krankenwagen brauchen, wir haben ihnen bei unserem Überraschungsangriff in die Beine geschossen."

Batdorj starrte ihn an. „Seid ihr drei völlig verrückt ? Habt ihr auf der Polizeischule eigenmächtige Aktionen gelernt ?"

Er wurde etwas lauter. „Und wenn nun was schief gegangen wäre ? Heiliger Buddha, wenn ich mir ausmale ….."

„Batdorj," Gökhan fiel ihm ins Wort, „rechnen Sie mit den dreien später ab. Im Moment zählt das Ergebnis, und nebenbei bemerkt, sie haben ihre Sache offensichtlich recht gut gemacht."

Er senkte seine Stimme, so dass ihn nur Batdorj verstehen konnte. „Und wenn ich vorhin richtig gehört habe, glauben alle, es wäre ein mit Ihnen abgesprochener Plan gewesen. Ihre Autorität haben die drei mit ihrer Aktion auf alle Fälle mal nicht untergraben, das ist doch auch was."

„Auf was warten wir," Tüti zupfte Batdorj am Ärmel, „wollen wir nicht jetzt das Haus durchsuchen ? Wenn wir die Dreckskerle endlich haben, dann will ich auch wissen, wer und wieso und warum. Stell dir vor, was für einen Luftsprung Timur machen wird, wenn wir ihm seinen Fluch wiederbringen werden."

Doch dazu bekam der Polizeipräsident keine Gelegenheit. Gar nichts wurde im Haus gefunden, nicht das geringste Bisschen, schon gar kein Fluch. Es dauerte einige Zeit und einige Geduld in den Verhören, bis die Angelegenheit klar war : Die drei Männer aus dem Haus gehörten zu einer Chowder Gang-

sterbande und waren gerade dabei, ganz genauso wie Batdorjs Leute leerstehende Gebäude zu durchsuchen. Als Batdorjs Lada heranbrauste, waren sie überzeugt davon, den gesuchten Gegnern einer anderen Bande gegenüberzustehen und hatten sofort das Feuer eröffnet.
Dieses Haus war also ein leerstehendes Gebäude wie alle anderen gewesen, eine Niete in der Such-Lotterie. Batdorj war keinen Schritt näher an die Fluchdiebe herangekommen.

* * *

Obwohl es zu kommunistischen Zeiten, also in der aktiven Arbeitsphase der Alten, obwohl es da nirgends im gesamten sowjetischen Reich derartige Einkaufszentren wie heute gegeben hatte, kannten die Alten so etwas sehr wohl von ihren Einsätzen in New York oder Oslo oder Paris oder München oder sonst wo. Aber es ist natürlich ein Unterschied, ob man dort ist, um selbst etwas zu kaufen, oder ob man jemanden beobachtet. Erst allmählich wurde ihnen bewusst, welche Art von Menschen über 90 Prozent der Kunden ausmachte. Zum Einkaufen kamen entweder ganze Familien oder Ehepaare oder Frauen allein, hie und da Jugendliche, ab und zu Kinder allein und eher selten ein Mann allein.
Und so fiel ihnen ein Auto, in dem drei Männer saßen, sofort auf. Noch dazu kurvten die drei gemächlich durch den ganzen Parkplatz, blieben bei einem der zehn Wagen, die schon lange hier standen, stehen, fuhren aber danach noch eine Runde. Anschließend stiegen zwei der Männer aus und gingen zu dem schon lange parkenden Auto. Ein alter Mann mit wirrem

Haar lehnte am Heck, schnaufte laut und hielt die rechte Hand an der Herzgegend, während die Plastiktüte in seiner linken leicht hin und her schaukelte.

„Na, Alter," grinste einer der Männer, „das Rauf und Runter beim Einsammeln kostet Puste, was ? Aber jetzt weg vom Auto, wir müssen fahren."

Der Alte nickte, schnaufte noch lauter, versuchte sich aufzurichten und kippte nach vorn, genau auf den Sprecher zu. Der fing ihn mühelos auf, zwinkerte seinem Kollegen zu und hob den Alten auf die Motorhaube eines danebenstehenden Wagens. Laut dröhnend lachte er.

„Sitzt du bequem ? Dann ruh dich da drauf aus, vielleicht kriegst du sogar den Hintern ein bisschen aufgewärmt."

Er lachte nochmals laut und stieg wie sein Kollege ins Auto ein.

Der Alte blieb sitzen und wartete, bis die beiden nach rechts in Richtung Parkplatz-Ausfahrt abgebogen waren, dann rutschte er hinunter und holte aus seiner Plastiktüte ein Funkgerät.

„Wanze platziert," sprach er hinein und sah dabei vorsichtig rundum, doch es war niemand in der Nähe außer einer Familie mit Kindern, die aber nicht in seine Richtung sahen, „Wanze platziert, Zielpersonen unterwegs."

„Dann kann's losgehen," sagte Tselmeg, der neben der jungen Geheimdienstmitarbeiterin im Auto saß. Während sie den Wagen startete, schaltete er seinen Peilsender von Stand-by auf Dauer.

„Einwandfreier Empfang," meinte er zufrieden, „nach all den Jahren arbeitet das Ding korrekt wie eh und je. Aha, es geht nach Süden."

„Nach Süden ? Wie weit ist es denn bis zur chinesischen Grenze," fragte die Fahrerin, „seit wir von Ulan Bator gekommen sind, hab' ich eigentlich nur Chowd selbst kennen gelernt."
„Meinen Sie etwa, die Kerle fahren nach China ?" erwiderte Tselmeg etwas skeptisch.
Ein helles Lachen erklang. „Nein, aber meiner Meinung nach wäre es für die Terroristen doch praktisch, ihren Stützpunkt in der Nähe der Grenze zu haben, oder denken Sie nicht ? Nachdem alles auf eine chinesische Bande hinweist, wäre in meinen Augen ein möglichst rascher Fluchtweg für diese Leute wichtig und also im Gebiet zwischen Chowd und Grenze durchaus logisch."
Tselmeg sah eine Weile nach vorn durch die Windschutzscheibe, dann nickte anerkennend. „Haben Sie das Söhnchen Kommissar auch gesagt ?"
Wieder dieses Lachen.
„Ich bin nicht gefragt worden."
„Verstehe," schmunzelte der Alte, „die Probleme sind gleich geblieben, heute genauso wie gestern. Man weiß was, wird als Junger oder als Anfänger aber sein Wissen nicht los. Dumm von den Alten."
Er nickte nochmals. „Hätte Söhnchen Kommissar sich vielleicht was sparen können, wenn er statt im Osten im Süden begonnen hätte zu suchen. Ah, Obacht, jetzt geht's nach Südwesten, ah, ja, zur Landstraße Nr 84, ja, die geht Richtung Grenze."
Fr sah die Fahrerin wohlwollend an. „Dann kann's nicht allzu lange dauern. Wenn Sie recht haben, und davon geh' ich aus, dann sind unsere Lieblinge in irgendeiner Feldscheune zwi-

schen den nächsten drei Dörfern, denn wenn ich auch noch was Logisches beitragen darf, dann meine ich, dass sie nicht sehr weit weg von Chowd ihr Lager aufgeschlagen haben, denn schließlich ist Chowd ja ihre Aktionsbühne."
Eine Weile war Stille im Auto, nur das Piepsen des Peilsenders unterbrach diese in monotonem Gleichklang.
Dann rührte sich der Alte.
„Hat Ihnen das schon mal jemand gesagt ? Sie sind nicht nur hübsch und intelligent, Sie fahren auch ausgezeichnet Auto."
Die Antwort bestand wieder aus einem hellen Lachen, das allerdings unterbrochen wurde vom Peilsender, der von Piepsen auf Dauerton umgeschaltet hatte.
„Schau an, schau an," Tselmeg war überrascht, „gleich hinter dem ersten Dorf. Fahren Sie mal ein bisschen langsamer, dass wir uns umsehen können."
Links und rechts war unregelmäßiges Hügelgelände, dazwischen Wiesen, in denen die Natur wild wuchern konnte und immer wieder kleine Wäldchen.
Der Alte kontrollierte das Gerät und entschied dann : „Rechts von uns. Ist Ihnen eine Abzweigung aufgefallen ? Ach," fuhr er fort, bevor eine Antwort kam, „der Feldweg dort vorn. Ich werd' mich mal ein bisschen umsehen."
„Soll ich nicht mitkommen ?"
Tselmeg wehrte ab. „Auf keinen Fall. Die werden garantiert irgendwelche Sicherheitssysteme haben oder vielleicht sogar einen Beobachtungsposten. Ein alter Penner, der sich rumtreibt, den jagt man weiter, aber bei Ihnen, bei einer jungen Frau hier in der freien Wildnis, da werden die bestimmt misstrauisch. Nein, lassen Sie mich hier aussteigen und fahren Sie ein gutes Stück weiter. In einer halben Stunde kommen Sie

wieder hierher, aber bleiben Sie nur stehen, wenn Sie mich sehen, ansonsten das gleiche Spiel nochmal und nach wieder einer halben Stunde vorbeifahren. Alles klar?"
Er ließ das Peilgerät sowie seine Pistole am Boden vor seinem Sitz liegen, stieg aus und marschierte in das Wäldchen neben dem Feldweg. Wie man von der Straße aus schon gesehen hatte, ging es leicht bergauf. Tselmeg mühte sich durch das Dickicht, in dem sich sicherlich seit vielen Jahren kein Mensch oder großes Tier mehr durchgewühlt hatte, versuchte, möglichst keine Äste abzubrechen und blieb stets in Sichtweite des Weges. Dieser machte so viele Biegungen und Schleifen, dass man bereits nach zwanzig, dreißig Metern nichts mehr von der Landstraße erkennen und umgekehrt auch von dort auf keinen Fall mehr gesehen werden konnte. Immer öfter musste er eine kleine Pause machen.
Kurz vor der Hügelkuppe endete das Wäldchen, genauer gesagt, weiter nach oben ging es über eine üppige Wiese, rund um die Hügelspitze teilten sich einzelne Bäumchen und verwilderte Hecken den Platz, als ob sie einen Ring um die Anhöhe bilden wollten. Ganz oben auf dem Hügel stand ein flaches Gebäude aus Holz, das wegen seiner geringen Höhe nicht vollständig zu erkennen war und sich, da dunkelgrün gestrichen, so in die wuchernde Wiese einfügte, dass man es bei flüchtigem Hinsehen kaum bemerkte.
Tselmeg verharrte und überlegte, ob es wohl eine Möglichkeit gab, ungesehen näher heran kommen zu können. Nein, ein Anschleichen war viel zu gefährlich, wenn es sich – und davon ging er aus – wenn es sich um die Gesuchten handelte, dann musste er zwangsläufig mit Alarmsystemen rechnen. So wie er die Lage einschätzte, konnte er nicht mehr machen, als

Batdorj die Gegebenheiten und den Ort hier schildern, und dann musste eine komplette Mannschaft anrücken. Anrücken und einkreisen.

Er wollte sich gerade umdrehen und zurück marschieren, da kam ihm oben beim Haus ein metallisches Blinken in die Augen . Er ging sofort in die Hocke und bog einen Strauch ganz wenig auseinander, so, dass er noch durchsehen man ihn aber von oben her nicht entdecken konnte.

Ein Mann schritt offensichtlich rund um das Haus und kontrollierte mit einem Feldstecher die Umgebung. Immer wieder blieb er stehen und musterte verschiedene Bereiche von Wald und Wiese längere Zeit.

Als Tselmeg erkannte, dass das, was dieser Mann umhängen hatte, eine Maschinenpistole war, war ihm endgültig klar, dass es sich hier ganz sicher nicht um einen Bauern oder Förster handelte.

Langsam und vorsichtig wie vorher arbeitete er sich, als der Mann auf der anderen Seite verschwand, wieder durch Wald und Gestrüpp zurück zur Landstraße.

* * *

Seine Stunde war gekommen. Er konnte das Glück kaum fassen, dieses Hochgefühl, dieses innerliche Jubeln, von dem er geglaubt hatte, es wäre seit langem tot, erloschen, untergegangen wie eine Abendsonne vor einer Nacht, für die nie ein Ende bestimmt war. Doch nun hatte sich alles gewandelt, nun kehrten Gefühle in sein Herz zurück, nach denen er sich gesehnt hatte, um die er gebetet hatte, um die er seinen Gott angefleht hatte.

Und Gott hatte ihn nicht vergessen. Gott hatte ihn nicht verurteilt wie dieser keifende Bischof. Gott hatte sich seiner erbarmt und ihm das letzte wichtige Geschenk dargeboten, die Rache.

Welch unermessliches Geschenk ! Welch unermessliches Geschenk ! Etwas, das nur Gott gehörte, denn so stand es in der Heiligen Schrift „Mein ist die Rache, sprach Gott", dies Kostbare hatte Gott ihm, dem armen, geschundenen, kleinen Mönch Andreas zum Geschenk dargereicht.

Welch kostbares Wort ! Rache ! Ein einziges Wort, und es lässt das Herz in der Brust schlagen, dass man es in allen Fasern des Körpers spürt, ein einziges Wort, und es berauscht einen Menschen wie nie zuvor ein Gefühl es getan.

„Domine, non sum dignus," flüsterte Bruder Andreas, als er mit ungeahnter Kraft den Fluch-Schrein öffnete, „Herr, ich bin nicht würdig," und doch fühlte er sich würdig, denn sonst hätte Gott, der Herr, ihm ja nicht dieses Geschenk der Rache gemacht, er öffnete den Schrein gewaltsam und entnahm die Schriftrolle.

Sein Verstand war jetzt völlig klar, er fühlte keine Angst, er spürte keine Zweifel, er fürchtete keine Unbill der unsicheren Zukunft. Er wusste haargenau, was er zu tun hatte, zielstrebig ließ er seine Rache ablaufen. Nein, keine Zerstörung des Fluches, nein, keine Zusätze oder Abänderungen. Nein.

Der Mönch lachte leise in sich hinein. Seine Rache würde perfekt werden.

In den Armen seiner Lieblingsfrau war der Khan aller Khans gestorben, sein teuflisches Leben hatte er ausgehaucht, weil ihn der Schlagfluss getroffen hatte, plötzlich und trotz des Alters unerwartet. Was so erzählt wurde, hatte er einen schnellen Tod gehabt, nur kurz geröchelt, sich an die Stirn gefasst und dann zusammengefallen.

Bevor nun - wie es Dschingis Khan bereits vor langer Zeit bestimmt hatte - bevor nun Temudschin ausgerufen wurde zum neuen Khan aller Khans, mussten die Sterbe-Rituale der Mongolen peinlichst genau durchgeführt werden. Die Ahnen würden den Verstorbenen nur in ihrer Mitte aufnehmen, wenn seine Familie in der Gesamtheit an den Zeremonien teilnehmen würde. Und das dürfte einige Tage in Anspruch nehmen, denn die Familie war groß, einige der Söhne befehligten Provinzen, die Tagesritte entfernt waren. Und bis dahin ruhte alle Arbeit, aller Kampf, auch die Wächter des Fluches durften in dieser Zeit nichts tun, waren also in ihren Jurten, bei ihren Familien. Der Zugang zum Fluch war für Bruder Andreas völlig gefahrlos und einfach.

Deshalb fühlte er keine Angst und die Zukunft war ihm egal. Sein Verstand arbeitete messerscharf. Er wusste mit absoluter Sicherheit, was zu tun war. Seine Rache an den Mongolen würde perfekt werden.

* * *

Professor Alois Gründl, der zuhause in Sichtweite des Chiemsees stundenlang in seinem wunderschönen Obstgarten sitzen und die Stille genießen konnte, fand hier in Chowd keine Ruhe. Er nahm es dem Kommissar nicht übel, dass dieser ihn so gut wie gar nicht in die Polizeiarbeit mit eingebunden hatte, nein, das verstand er selbstverständlich, er hätte bei einem Lehrauftrag sich auch gewehrt mit Händen und Füßen gegen einen Außenstehenden, den man bei der Arbeit mitschleppen sollte. Aber es war absolut nervig, von diesem unheimlich fetten Polizeipräsidenten bewundert und umsorgt zu werden. Nun war er bereits zweimal auf Fotos in der Chowder Zeitung zu sehen gewesen, natürlich stets mit Timur an der Seite, ach was, er selber war immer an der Seite und der Fettsack füllte den Großteil jedes Bildes aus. Für Werbeaktionen war er aber nicht hierher gekommen.

Und so verschwand er nach einer üppigen Mahlzeit, die ihm Timur in seinem Lieblingsrestaurant aufgezwungen hatte, kurzerhand mit dem Zug in die Hauptstadt, nach Ulan Bator. Einer der jüngeren mongolischen Kollegen von damals schrieb ihm noch ab und zu einen kleinen Bericht, wie es an der Universität heute ausschaute, und so wusste er von diesem die Adresse.

Fast noch mehr Freude als Professor A-lo-is wiederzusehen hatte der ehemalige Kollege am Begrüßungsgeschenk. Während er eine kleine zarte Teetasse als Gastgeschenk überreichte, wartete der Professor mit etwas auf, das der Kollege gar nicht mehr aus der Hand legen wollte, so faszinierte es ihn.

Nun kannte ja Alois Gründl aus seiner Zeit in Ulan Bator alle Sitten und Gebräuche ganz genau so wie die Vorlieben der Mongolen. Eine fremdartige Waffe war ein solch exquisites, wertvolles Geschenk für einen Mongolen, dass es ihn anrührte, als hätte er die höchsten Weihen und Ehren erhalten.

Und deswegen hatte Professor A-lo-is aus seiner Heimat fünf Hirschfänger mitgebracht, Messer in einer Lederscheide, leicht gebogene Klinge, Griff aus einem Teil einer Geweihkrone. In seiner Heimat trugen die Männer dieses Messer in einer kleinen Seitentasche der ebenfalls ledernen Hose, natürlich nicht mehr als Waffe, aber immer noch nützlich zum Schneiden von Wurst und Käse.

Wäre sein Koffer vom Zoll in seiner Heimat kontrolliert worden, dann hätte auch ein Professor Schwierigkeiten bekommen, bei den Zollbeamten der Mongolei hatten die Mitbringsel nur Neugierde und Anerkennung hervorgerufen.

Der mongolische Kollege war Mongole durch und durch, also nahm die Begrüßung sehr lange Zeit in Anspruch. Erst nachdem der Gast zwei Tassen saure Stutenmilch, eine heutzutage teure Leckerei, getrunken und man sich gegenseitig versichert hatte, dass in der gesamten Familie alles wohlauf und alle Nachkommen wohl geraten seien, (hier musste Alois Gründl in sich hineingrinsen, denn er dachte an seinen ältesten Enkel, der vor kurzem mit seinem aufgemotzten Moped von der Polizei erwischt worden war), begann eine zwanglose Plauderei. Man erinnerte sich an dies und jenes lustige Geschehen, an einige Universitätsbeamte, mit denen man Ärger gehabt hatte und an Studenten, die aus besonderen Gründen im Gedächtnis geblieben waren. Dabei erwähnte der Professor, dass in Chowd in Zusammenhang mit einem Museumsdiebstahl der Name des damaligen Studenten, der so hieß wie wohl sein berühmter Großvater, aufgetaucht war.

Der mongolische Kollege nickte eifrig. „Ja, ja, an den Kerl kann ich mich ganz gewiss noch erinnern. Dieses elende besserwisserische kommunistische Getue, auf der einen Seite kriecherisch und dann wieder auf der anderen Seite von oben

herab, ja, ja, der Kerl war eine Plage. Aber," fügte er nebenbei hinzu, „der heißt heute anders, nicht mehr Tschou En Lai."
Professor A-lo-is war verblüfft.
„Was meinen Sie damit, der Kerl heißt jetzt anders?"
„Warten Sie, warten Sie," antwortete der Kollege und sprang auf, „ich hebe ja nach wie vor alle Zeitungsartikel auf, die etwas zu tun haben mit unserer Fakultät," er ging zu einer liebevoll in zarten Farben bemalten Kommode und entnahm der obersten Schublade zwei dicke Ordner, „in einem von denen müsste, Moment, ich glaube, hier, nein, das ist es nicht, oder das da, ach nein, das ist von letztem Monat, aber hier, ja, schauen Sie, der Artikel hier, der war vor drei Jahren in der Zeitung."
Er hielt dem Professor den geöffneten Ordner hin, so dass dieser den eingeklebten Artikel lesen konnte, wies aber mit der Hand auf das Foto daneben.
„Sehen Sie, hier, da schüttelt er dem Vorsitzenden des chinesischen Nationalen Verteidigungsrates die Hand, sehen Sie es? Ich verwette meine mongolische Ehre darauf, dass er das ist."
Professor A-lo-is betrachtete interessiert das Bild.
„Das ist er hundertprozentig," bestätigte er, „da an der linken Hand, der dicke Ring, wissen Sie noch, da drehte er immer daran herum, wenn man ihn in Verlegenheit brachte und er kein gutes Argument mehr hervorzaubern konnte."
In dem Zeitungsartikel wurde berichtet, dass der Nationale Verteidigungsrat einstimmig die Ernennung eines neuen Vorsitzenden beschlossen habe für die dem Rat unterstellte Kommission für Auslandsfragen. Mit Chang Hu habe man den richtigen Mann dafür gefunden.

„Chang Hu?" Der Professor runzelte die Stirn. „Wieso wohl wird er den Namen gewechselt haben? Geht denn das überhaupt im heutigen China? Und was ist das für eine Kommission, haben Sie da eine Ahnung?"
Er gab den Ordner zurück.
„Na ja, über chinesische Gepflogenheiten zu einer Namensänderung, da kann ich Ihnen nichts sagen, da habe ich weder je was gehört noch gelesen davon. Aber bei der Kommission für Auslandsfragen, da wird bei uns in den Zeitun-gen gemunkelt, dass es sich um eine Abteilung des militärischen Geheimdienstes handle. Vorstellen könnte ich mir, dass das stimmt, denn man liest eigentlich nie was davon, was die in dieser Kommission sonst so getan hätten."
„Sagen Sie, werter Kollege, haben Sie die Möglichkeit, mir diesen Zeitungsausschnitt zu kopieren? Das Foto und den Bericht, das würde ich zu gerne mitnehmen."
Alois Gründl wusste, dass er es auf keinen Fall zeigen durfte, dass er nun mit einem Mal ungeduldig darauf wartete, wieder nach Chowd zurückfahren zu können, das wäre nicht nur unhöflich, sondern für mongolische Verhältnisse sogar verletzend gegenüber dem Gastgeber. Aber er brannte darauf, mit dieser Neuigkeit aus Zeitungsabschnitt und Foto Timur und Batdorj und diese eigenartige Gesellschaft aus Geheimdienstleuten und Senioren zu überraschen.
So ein bis zwei Stunden musste er aber schon noch ausharren, das erforderten Anstand und vor allem die mongolische Sitte für Besuche dieser Art.

* * *

Auf Tselmegs Anruf hin hatte Batdorj in Windeseile alle Durchsuchungen abblasen lassen und die Gruppen in die Polizei-Zentrale beordert. Im Aufenthaltsraum, dem einzigen Zimmer, das Platz genug bot, hing eine große Land-karte der Provinz Chowd-Aimag. Batdorj war gerade dabei, mit einem Filzstift auf diese Karte aufzumalen, welche Gruppe von welcher Seite vordringen und auf welchem Weg sie dorthin kommen sollte. Die Alten hatte er auf die vier Gruppen ver-teilt, sie sollten zwar im Hintergrund bleiben, aber mit ihrem Können an der Waffe für sicheren Feuerschutz sorgen. Nachdem Timur am Anfang der Sitzung die traurige Nachricht verkündet hatte, dass Gulnaz im Krankenhaus gestorben war ohne noch einmal das Bewusstsein wiedererlangt zu haben, musste Batdorj die Senioren mit einbinden, sonst wären sie in ihrem Zorn allein auf einen Rachefeldzug losgezogen.

„Der Kreis um dieses Gebäude muss unbedingt gleichzeitig geschlossen werden," betonte er, „nicht eine einzige Maus darf die Chance haben, uns zu entschlüpfen. So wie Tselmeg es beschrieben hat, kann man nicht unbemerkt nah genug herankommen. Wir werden also mit einem Megaphon klar machen, dass wir Polizei sind und dass unsere Zielpersonen nahtlos umstellt sind. Alles weitere vor Ort. Ab Abfahrt von hier ständiger Funkkontakt."

„Ächem," alles drehte sich zu Timur, „und ich darf nochmal daran erinnern, dass wir den Fluch heil zurück bringen müs-sen, ich betone : unversehrt. Am liebsten wäre mir, Professor A-lo-is wäre mit dabei und kümmert sich in der entschei-denden Phase darum. Aber ich weiß nicht, wo er steckt."

„Das tut mir leid," meinte Batdorj, und seine Miene strafte die Worte Lügen, denn er war natürlich nicht im mindesten scharf darauf, einen Laien dabei zu haben, „ich habe leider auch keine Ahnung, wo er ist. Die meiste Zeit war er doch bei Ihnen, Timur. Na ja, wir können auch Tüti dafür einteilen, sie gibt bestimmt genauso gut Obacht auf dieses Ding. Und jetzt los!"

Es klappte alles vorzüglich. In jeder Gruppe waren ortskundige Polizisten dabei, man rückte von vier Seiten ziemlich gleichzeitig heran, die Funkverbindung war einwandfrei, der Ring um die Hügelkuppe wurde nahtlos geschlossen, der Dauerton aus Tselmegs Peilgerät zeigte, dass die Wanze und damit die dazugehörige Person im Haus war. Mit dem Megaphon teilte Batdorj den im Haus befindlichen Personen die Lage mit, und um die Ernsthaftigkeit zu unterstreichen, wurden von allen Seiten Warnschüsse über das Haus hinweg abgegeben. Dann entstand eine Patt-Situation.

Als Antwort auf Megaphon-Durchsage und Warnschüsse öffneten sich auf allen vier Hausseiten Fenster und in alle Richtungen knatterten Maschinenpistolensalven, recht hastig und zum Glück noch ohne jemanden zu verletzen.

„Kommt mir bekannt vor, die Situation," grinste Gökhan, der zusammen mit Batdorj und Tselmeg die Einsatzleitung innehatte, „das könnte eine lange Belagerung werden. Und hier können Ihre Polizeischüler keine Ablenkungsaktion starten und eigenmächtig eingreifen. Was haben wir denn außer aushungern?"

„Scheiße," antwortete Batdorj, „nichts haben wir, auf alle Fälle können wir einen Sturm nicht riskieren. Die haben auch

Maschinenpistolen, da mähen die uns nieder wie sonst nur was."

„Dann braucht es doch irgendeinen Trick, irgendein Ablenkungsmanöver. Aber was?"

Batdorj schüttelte den Kopf. „Wenn die gleichzeitig nach allen Seiten schießen können, dann heißt das, dass es mindestens vier Mann sind. Und die Entfernung von uns bis zum Haus ist zu groß. Und dann das Schlimmste : Hier geht es nicht um Kleinkriminelle, die sich leicht überlisten lassen, sondern um skrupellose Profis."

„Ein Hubschrauber?" schlug Gökhan vor.

Batdorj dachte kurz nach. „Mit Maschinenpistolen kann man auch einen Hubschrauber zum Absturz bringen, wenn er nur nahe genug ist. Ich glaube, das wäre Zeitverschwendung, um so ein Ding in Ulan Bator nachzufragen."

„Tja, Söhnchen," meckerte Tselmeg, der sich bisher nicht eingemischt hatte, „vor einem halben Jahr hätte ich gesagt, auf zu unsrer Scheune, da haben wir schon das Passende. Aber jetzt ist ja alles längst entsorgt."

Als Batdorj vor einem halben Jahr die Alten kennengelernt hatte, hatten sie ihn in Entsetzen versetzt, als er erfuhr, dass sie aus den Zeiten der Roten Armee nicht nur zwei Lastwägen, jede Menge Handfeuerwaffen und sogar einiges an Spezialgeräten in einer Scheune versteckt, sondern auch so gepflegt hatten, dass alles nach wie vor einsatzbereit war. Nachdem er den damaligen Fall mit Hilfe Gökhans und der Alten beendet hatte, waren die letzteren in einem Seniorenheim für unverheiratete Offiziere in Ulan Bator untergebracht worden mit der Zusage, dass sie bei der Ausbildung von Spezialkräften mitwirken durften. Und

Batdorj hatte ihnen versprochen, sich um ihren ‚Haushalt', sprich Scheuneninhalt, kümmern würde, ohne dass sie mit Ärger rechnen müssten.

„Äh," sagte Batdorj und kratzte sich am Kopf.

„Ja, äh," meckerte Tselmeg wieder, „gib nur zu, dass es ein Fehler ist, wenn man was wegwirft, was noch so tadellos zu gebrauchen ist."

„Äh," wiederholte Batdorj und kratzte sich nochmals. „Also das ist so, äh, eigentlich hätt' ich längst, ja, also, na ja, ich hab' nicht immer Zeit für alles, also ich bin eigentlich noch nicht dazu gekommen ….."

„Genosse Kommissar," Gökhan grinste so ölig wie immer, „jetzt sagen Sie bloß, die Speznaz-Ausrüstung ist immer noch da, wo sie war. Es lebe die glorreiche Sowjet-Armee!"

„Ich kann auch nicht alles auf einmal machen," verteidigte sich Batdorj, „ich hab' im Moment so viel um die Ohren, und die Geschichte mit der Scheune und der ganzen Ausrüstung, das ist nicht von heute auf morgen zu erledigen."

„He, schimpft ja niemand mit dir, Söhnchen," man sah Tselmeg an, wie er sich freute, „das ist doch prima, wenn alles noch da ist. Einer der Lastwägen genügt, und was wir sonst noch brauchen, das ist sowieso schon hinten auf der Ladefläche."

„Wie stellt ihr euch das vor? Vor einem halben Jahr, da sind wir nachts gefahren mit dem Lastwagen, da hat niemand das Nummernschild der Roten Armee gesehen, aber jetzt, am hellichten Tag? Jeder zweite, der den Karren sieht, wird die Polizei rufen."

Gökhans Grinsen wurde noch breiter. „Was ja nicht unbedingt ein Problem darstellt, nachdem ein Teil von uns zur Polizei dazugehört. Und wenn danach alles erledigt ist, dann, ach was, da machen wir uns doch jetzt keine Gedanken. Tselmeg, wir beide holen alles."

Der nickte. „Und ich brauche noch Ilhan dazu, lieber zu zweit alles herrichten, dann kann nichts vergessen werden."

„Und Tüti soll mitfahren," bestimmte Batdorj, „nicht, dass ihr unterwegs aufgehalten und verhaftet werdet."

Tüti allerdings sorgte dafür, dass sie völlig ohne jedes Aufsehen mit dem Armeelaster zurückkamen. Auf der Hinfahrt fuhr sie an einem Schrottplatz vorbei und beschlagnahmte die beiden Kfz-Schilder eines ausgemusterten Lieferwagens. Während Tselmeg und Ilhan dann in der Scheune auf der Ladefläche alles herrichteten, tauschte Gökhan die alten Armeeschilder gegen die beschlagnahmten aus, und so fuhren sie ohne Aufsehen zu erregen zu Batdorj zurück, alte Armeelaster waren bei etlichen kleinen Speditionen in Gebrauch, da sehr billig und nach wie vor solide, und kein Mensch beachtete solch einen Wagen.

„Gut, dass ihr wieder da seid," rief Batdorj, „die Kerle haben eine ganz verrückte Taktik entwickelt. Die müssen einen Berg Munition haben. Andauernd wird geschossen, völlig unregelmäßig, mal hinten, mal links, dann plötzlich von allen vier Seiten. Wenn es mit dem Lastwagen nicht klappt, weiß ich nicht weiter."

„Kann gleich losgehen, Söhnchen" beruhigte ihn Tselmeg, „ich brauche nur einen von deinen Leuten, der gut rückwärts fahren kann, das schafft nämlich mein alter Hals nicht mehr, das ist mir zu unangenehm, dauernd angestrengt über die Schulter zu schauen und dann noch gleichzeitig zu lenken und zu schalten."

Der Alte erklärte seinen Plan.

„Den Wagen fahr' ich selber," bestimmte Batdorj, „wie ich auf der Polizeischule war, da hab' ich mir mein Geld nebenbei bei einer Spedition verdient. Aber kommt der rückwärts den Hügel rauf?"

„He, he," lachte Tselmeg meckernd, „hat doch Allrad wie dein Lada. Der fährt durch einen Bach genauso wie bergauf und bergab."

Über sein Funkgerät erklärte Batdorj allen Gruppen, was geplant war. Als alle bestätigt hatten, dass sie verstanden hatten, kletterte er den Lastwagen hoch. Zwei-, dreimal fuhr er ein Stück rückwärts und wieder vorwärts, bis er sich sicher war, den Wagen richtig handhaben zu können. Dann hupte er als Zeichen für alle, dass es los ging.

Langsam fuhr er rückwärts den Hügel hinauf, mitten durch die Wiese.

Sofort wurde vom Haus her wieder geschossen, Salven aus einer Maschinenpistole zerfetzten die rückwärtige Plane, mehr Schaden richteten sie aber nicht an. Tselmeg, Ilhan und Gökhan waren auf der Ladefläche sicher, denn innen war eine schusssichere Metallwand hochgeklappt, die links und rechts kleine Sichtluken besaß und in der Mitte eine größere, aufschiebbare Klappe. Bei normalen wie auch bei moderneren Fahrzeugen wären für solch ein Manöver die Reifen ein gefährlicher Schwachpunkt, hier aber nicht im Mindesten. Die russischen Reifen dieser Spezialfahrzeuge waren von solch dickem Gummi, dass ein Transport zwar äußerst unbequem war, aber die Reifen selbst nach den vielen Jahren kaum kaputt zu kriegen waren, die verschossenen Kugeln prallten bei ihnen genauso ab wie an der Metallwand.

Ab und zu kam Batdorj ins Schwitzen, denn trotz Allrad rutschte der Laster immer wieder einmal einen halben Meter beiseite, aber es gelang ihm jedes Mal, dies auszubügeln, und schließlich waren sie am Haus.

Während Batdorj nach Gökhans Anweisungen versuchte, ganz genau vor das Fenster zu fahren, das in ihre Richtung schaute, hörte er, wie der Lärm, wie die Schießerei zunahm.

„Werden die Dreckskerle nervös," brummte er in sich hinein, während ihm Gökhan signalisierte, dass er nur noch eine Handbreit zurücksetzen musste.

Auf das nächste Zeichen hin bremste er und blieb mit dem rechten Fuß auf der Bremse, damit der Wagen sich nicht mehr rühren konnte.

Nun nahmen Ilhan und Tselmeg aus der linken und rechten Luke das Fenster unter konzentrierten Beschuss, um sicherzustellen, dass von innen her sich niemand heranwagen würde. Gökhan schob die Klappe in der Mitte auf und warf, so fest er konnte, drei Dosen, von denen er vorher nach Tselmegs Anweisung die Deckel lockergeschraubt hatte, weit ins Haus hinein. Dann verschloss er blitzschnell die Klappe wieder.

Er sprang zu Batdorj und gab ihm das verabredete Zeichen mit dem Daumen nach oben, und der Kommissar ließ die Hupe im Dauertakt erklingen.

Ringsum verstummte der Schießereilärm.

In jeder Gruppe legten nun die Polizisten ihre Waffen beiseite und machten sich bereit, Geheimdienstleute und die Alten hoben ihre Waffen und zielten auf das Haus, um sofort Feuerschutz geben zu können.

Batdorj blieb mit dem Lastwagen an Ort und Stelle und blockierte somit einen möglichen Ausgang.

Eine der Dosen hatte Tränengas enthalten, eine Rauchgas und die dritte eine stinkige Zusammensetzung, die Erbrechen hervorrufen sollte, allen dreien in ihrer Wirksamkeit in einem geschlossenen Raum zu widerstehen, war für ein Lebewesen unmöglich. Innerhalb von Sekunden, so hatte es Tselmeg vorausgesagt, würde jede Person, die dieses Gemisch ins Gesicht bekam und einatmen musste, Erstickungsanfälle bekommen und in Todesangst das Haus verlassen.

Die Vorhersage des Alten erwies sich als vollkommen richtig. Nacheinander torkelten fünf Männer aus der Tür und einer wälzte sich aus einem aufgeschlagenen Fenster. Draußen fielen alle ins Gras und übergaben sich in wilden Zuckungen.

Für die jetzt heranstürmenden Polizisten bestand keine Gefahr mehr. Die Männer wurden von jeweils drei Polizisten überwältigt und gefesselt. Gleichzeitig zerschlugen die Geheimdienstler mit den Kolben ihrer Maschinenpistolen die Fenster, und jeweils zwei blieben mit der Waffe im Anschlag davor, während der stinkende Dampf herausströmte. Als das Haus wieder betreten werden konnte, wurde es durchsucht. Man fand wie erwartet keine Personen mehr, was man aber fand, waren jede Menge Beweise, dass man die Richtigen erwischt hatte. Waffen und Bauteile für weitere Bomben ließen den einzigen Schluss zu, dass die jetzt Verhafteten verantwortlich waren für all die bisherigen Untaten.

Was nicht gefunden wurde, war der Fluch.

Und es kam noch schlimmer. Batdorj wartete nicht ab, bis die sechs wieder völlig wohlauf waren, er begann die Verhöre gleich hier, weil er sich natürlich zu Recht ausmalte, dass jemand mit Kopf- und Magenschmerzen sowie mit Atembeschwerden nicht viel Widerstand bieten würde, also kaum in der Lage für großartige Lügen sein dürfte. So war es zwar auch, aber nur bei vier der Männern. Diese gaben sofort alles zu. Zwei der Männer sagten aber gar nichts. Als sie wieder klar aus den Augen schauen und nicht mehr großartig von Übelkeit und Atemnot geplagt wurden, verlangten sie sofortige Freilassung.

„Wir sind chinesische Diplomaten," erklärte der eine hochmütig, „Sie machen sich strafbar, wenn Sie uns festhalten. Sehen Sie in unserem Auto nach, da liegen unsere Papiere. Wir haben mit diesen vier anderen nichts zu tun."

Batdorj starrte die beiden an. Galle kam ihm hoch. So etwas hatte er hier in der Grenzregion schon ein paar Mal erlebt, all seine Ermittlungen waren umsonst gewesen, diese verfluchten Politiker hatten ihn einfach ins Leere laufen gelassen, brauchten keine Strafe fürchten nur wegen eines Stückes amtlichen Papieres, allerdings ging's damals um Schmuggel und Erpressung, jetzt aber um unfassbare Terroraktionen, um Sergej, Gulnaz, die Museumsleiterin, um die Angst der Kindergartenkinder …..

„Wie erklären Sie dann," fragte er in mühsam erzwungener Ruhe, „dass Sie sich hier mit gesuchten Mördern und Bombenlegern in einer Gemeinschaft und in dem selben Haus befinden?"

Der zweite lächelte schmierig von oben herab. „Wir erklären gar nichts. Wir sind Diplomaten und sind Ihnen und Ihresgleichen keine Rechenschaft schuldig. Ich verlange, dass Sie uns sofort die Handschellen abnehmen. Dass diese Behandlung für Sie Folgen haben wird, darauf können Sie sich verlassen."

Gökhan, der die Papiere aus dem Auto geholt hatte, nickte Batdorj ernst zu und hielt ihm zwei aufgeschlagene Diplomaten-Pässe hin.

Batdorj schaute hinein, verglich die Fotos, und seine Galle lief ihm über, denn er wusste, was diese Ausweise bedeuteten und worauf die Geschichte hinauslaufen würde. Er sah rot.

Wie ein Kamel spuckte dem Sprecher direkt vor die Füße, die schärfste Beleidigung, die ein Mongole einem Chinesen antun kann, eine Entwürdigung, die vor hundert Jahren unweigerlich die Blutrache hervorgerufen hätte.

„Das ist für Gulnaz und Sergej ‚" schrie er wutentbrannt und wandte sich dem zweiten Chinesen zu, um die Beleidigung zu wiederholen, doch bevor er dies wahrmachen konnte, war ihm Gökhan in den Arm gefallen und von links hielt ihn ein junger Polizist fest.

„Batdorj," rief Gökhan, „das bringt doch nichts!"

Und leise fügte er hinzu : „Sie handeln sich doch nur jede Menge Ärger ein. Seien Sie doch vernünftig!"

„Chef," sagte der junge Polizist, „machen Sie keine Dummheiten ! Diese Diplomaten sitzen doch immer am längeren Hebel. Chef, was da draus werden kann!"

„Was da draus werden kann?" meinte höhnisch der gerade noch Davongekommene, während der andere leichenblass auf die Spucke am Boden starrte, „was da draus jetzt werden kann ? Das kann ich Ihnen schon vorhersagen : Sie werden sich alle einen neuen Job suchen müssen."

* * *

Es war zwar bereits dunkel geworden, längst Feierabend, aber das Treffen bei Timur wagte natürlich keiner abzusagen.

Ein munterer, fideler Polizeipräsident empfing sie alle, Batdorj, Gökhan, Tüti und Tselmeg, lud sie ein sich auf die breite Ledercouch zu Professor A-lo-is zu setzen und rief letzterem fröhlich zu : „Sehen Sie, sehen Sie, meine tüchtigen Leute ! Nicht mehr wichtig, Ihre Namensinformation, überhaupt nicht mehr wichtig. Wir haben sie, die Kerle, wir haben sie alle. Das wird ein Fest, ein Riesenfest, morgen die Pressekonferenz ! Alles in Sicherheit, ganz Chowd-Aimag ist wieder in Sicherheit, und dann der Fluch, gleich morgen wieder ins Museum."

Zunächst antwortete keiner, und Timur stutzte, dann murmelte Batdorj : „Nix Museum. Morgen kommt nichts ins Museum."

Irritiert fragte Timur : „Was heißt nichts ? Ich denke, die letzte Aktion war ein Erfolg ? Mann, Batdorj, haben Sie mir nicht diesen jungen Polizisten, diesen, äh, Calkhan ? Ja ? Also diesen Calkhan haben Sie doch geschickt mit der Meldung, letzte Aktion Erfolg, Gebäude gestürmt, alle rausgeholt, niemand von uns verletzt, haben Sie doch, oder ?"

Auf Batdorjs stilles Nicken hin runzelte der Polizeipräsident die Stirn, sah rundum und wurde unwillig.

„Was für eine Katastrophenmeldung haben Sie denn auf Lager ?" fragte er misstrauisch. Dann wurde er blass. „Mensch, Batdorj, haben Sie etwa den Fluch …… etwa nicht ?"

Statt Batdorj antwortete Gökhan.

„Nein," sagte er leise, aber in der sonstigen Stille klar verständlich, „nein, der Fluch war definitiv nicht im Gebäude. Wir haben ihn nach wie vor nicht und er kommt morgen nicht zurück ins Museum. Aber das ist noch …."

Er wurde unterbrochen von einem lauten Ächzer, den Timur ausgestoßen hatte. Der Polizeipräsident war in den Sessel gefallen, der hinter ihm stand.

„Der Fluch ….., noch nicht wieder da ?" flüsterte er entsetzt.

„Nein, ist er nicht," bestätigte Gökhan, „und das ist noch nicht das Schlimmste."

Timurs dicker rechter Zeigefinger zeigte auf Gökhans Bauch.

„Was reden Sie da, was gibt es Schlimmeres, als dass der Fluch noch immer nicht gefunden ist ?"

Batdorj seufzte laut und Gökhan fuhr fort : „Zwei der Festgenommenen sind Chinesen und haben jeder einen Diplomatenpass. Ulan Bator überprüft gerade die Echtheit, aber es sieht so aus, als ob alles seine Richtigkeit hat, wir müssen die beiden spätestens morgen Früh laufen lassen."

Er machte eine Pause, in die Batdorj nochmals hinein seufzte.

„Diplomatenpass ?" fragte Timur gedehnt. „Diese alte Halunkerei ? Wir müssen Leute laufen lassen, die in solch eine Drecksgeschichte verwickelt sind ? Das ist natürlich übel, dann verstehe ich Ihre Laune, Batdorj."

Batdorj seufzte ein drittes Mal und Gökhan sagte : „Und dann, Timur, kommt noch was. Jeder von uns versteht Batdorj vollkommen," er sah sich in der Runde um und erntete von jedem ein festes Nicken, „da ist noch was, Timur, da wird noch was von oben kommen. Batdorj hat dem einen in seiner Wut, also wir verstehen ihn alle, diese verdammten Politiker, Batdorj hat dem einen vor die Füße gespuckt."

Timur schien noch mehr in sich zusammenzusinken.

„Vor die Füße gespuckt?" flüsterte er fassungslos. „Einem chinesischen Diplomaten vor die Füße gespuckt? Mann, Batdorj, wissen Sie, was die oben mit Ihnen machen?"

„Und recht hat er gehabt, der Söhnchen Kommissar," plärrte Tselmeg mit seiner meckernden Stimme, „er hat doch recht gehabt, diese Scheiß-Politiker bringen jeden aufrichtigen Mann zum Rasen. Na ja," schränkte er ein, „es hätte auch genügt, wenn er dem Kerl die Nase zerdroschen hätte, es hätte nicht unbedingt vor die Füße spucken sein müssen, aber passiert ist nun mal passiert."

„Allerdings," Timurs feister Schädel schwankte hin und her, „passiert ist passiert. Und die Folgen, wenn ich mir die ausmale ….. Beten Sie zu den Ahnen, Batdorj!"

Er sah von einem zum andern und bemerkte, dass der Professor sich zu Wort meldete. Er winkte ihm mit einer Geste.

„Wenn ich richtig verstanden habe," begann dieser, „dann ist die ganze Geschichte also keineswegs zu Ende. Dann könnte meine Entdeckung vielleicht doch von Wert sein."

Timurs Kopf hörte auf zu schwanken. Er schnaufte tief durch, murmelte „Vor die Füße gespuckt!" und deutete dem Professor fortzufahren.

Der wandte sich an Gökhan.

„Sagt Ihnen der Name Chang Hu etwas?"

Gökhan nickte. „Ja und nein. Also Chang ist ein ziemlich häufiger Familienname in China, und ich kenne tatsächlich einen, nicht persönlich, aber wir haben öfter, als uns lieb ist, mit ihm zu tun. Der ist beim chinesischen militärischen Geheimdienst."

Der Professor lächelte breit und sehr zufrieden.

„Dann sehen Sie sich doch mal bitte dieses Zeitungsfoto an. Ist er das?"

„Ja, genau," Gökhan nickte, „das ist der Chang Hu, den ich beruflich kenne. Nicht gerade ein Charakter, mit dem ich befreundet sein möchte, wenn Sie verstehen, was ich meine."

„Ich verstehe vollkommen," Professor A-lo-is lächelte noch satter, noch zufriedener. „Chang Hu vom chinesischen Geheimdienst. Ich kann Ihnen garantieren, dass dieser Mann mit der ganzen Geschichte zu tun hat. Eigentlich glaube ich sogar, dass er alles ausgeheckt hat."

„Wie können Sie da so sicher sein, Professor?" fragte Gökhan neugierig.

„Weil dieser Chang Hu bei mir studiert hat. Nur hieß er damals eben Tschou-En-Lai."

* * *

Hauptstadt Ulan Bator am nächsten Morgen. Innenministerin Ojuncaral hatte für diesen Vormittag alle Termine abgesagt. Gökhans mündlicher, ausführlicher Bericht war am Vorabend schon vom Tonband abgeschrieben und sowohl ihr als auch dem Geheimdienstchef Fanito und dem stellvertretenden Leiter des Büros für Korruption Kubilay übergeben worden. Nun saßen die drei in einem kleinen Nebenzimmer im Ministerium.

„Das war also der Grund," meinte Fanito, „warum wir beim Suchen nach diesem Studenten in eine Sackgasse geraten waren. Damit ist nun auch klar, warum alle Anrufe dieser

Terroristen ins satt bekannte Reisebüro gingen. Dort residiert Chang Hu."

„Der arme Batdorj," Kubilay sah Ojuncaral an, „werden wir ihm helfen können?"

Die Innenministerin verneinte. „Nicht so ohne weiteres. Die Klage des chinesischen Botschafters liegt bereits vor, und diese Eile zeigt ja, wie wichtig es den Chinesen ist. Und so ungern ich es sage, Batdorj hat mit seiner Aktion diesen Leuten in die Hände gearbeitet. Jetzt muss ich ihn vom Dienst suspendieren lassen, und die freuen sich darüber. Wenn mir jemand sagen kann, wie ich die Chinesen dazu bringe, die Klage zurück zu nehmen, dann seh' ich eine Chance, aber so?"

Kubilay knurrte. „Und weil wir die Herrschaften natürlich auch sofort ausreisen haben lassen müssen, kann ihnen Batdorj gar nichts nachweisen. Eine Schweinerei."

„Genug der Emotionen," Fanito meldete sich energisch zu Wort, „ich habe heute Nacht nicht eine Minute geschlafen, sondern zusammen mit meinem China-Spezialisten einen Plan ausgearbeitet. Wir können uns auf keinen Fall von einer ausländischen Macht derartige Aktionen, die sogar das Leben mongolischer Staatsbürger kosten, gefallen lassen. Und ich meine, wir sind sogar in einer recht guten Position, wir kennen nicht nur den Hauptverantwortlichen, nämlich Chang Hu, wir kennen auch die beiden Akteure, die in Chowd aktiv waren, namentlich. Ich schlage vor, wir führen eine Strafaktion durch, wobei wir uns in zwei Weisen mit diesen drei uns bekannten Gegnern befassen : Die beiden jetzt ausgereisten ‚Diplomaten' werden eliminiert, der Hauptverantwortliche, Chang Hu, an den wir besser nicht direkt herangehen wegen der unabsehbaren politischen Folgen, wird bloßgestellt mit einer Aktion, die die Russen früher Maskirowka nannten. Wer weiß, vielleicht kommt es dann sogar in einem Nebeneffekt dazu, dass wir die Chinesen zwingen können, die Klage gegen diesen Kommissar zurückzunehmen."

„Wir sind in einer guten Position," meinte Kubilay nachdenklich, „heißt das, dass wir auch die Ressourcen haben für solch eine Strafaktion ? Werden nicht die Chinesen damit rechnen und sich irgendwie absichern ?"

„Ja natürlich," erwiderte Fanito fast fröhlich, „ja zum Ersten und nein zum Zweiten. Denn wir werden so arbeiten, wie die Chinesen niemals damit rechnen. Wir lassen nämlich die Truppe, die bis jetzt so erfolgreich zusammengearbeitet hat, auch weiterhin zusammen. Wir haben einen gelernten Polizisten, der also von Natur aus ein Schnüffler ist und der im Moment jede Menge Zeit dafür hat, wir haben eine Gruppe ehemaliger Profi-Mörder, die wissen, wie und wann der geeignete Zeitpunkt für eine Hinrichtung da ist und die so etwas dann auch ohne jeden Skrupel ausführen werden, und wir haben einen Spezialisten aus dem Geheimdienst, der sich mit den Chinesen auskennt und als nur eine Person in dieser ganzen Truppe den Chinesen nicht weiter auffallen dürfte."

Ojuncaral nickte. „Hab' ich soweit verstanden und ist hiermit genehmigt. Und wie sieht die Maskirowka aus ?"

„In dieser Beziehung geht unser Plan davon aus, dass die Chinesen einen schlechten Ruf ihrer Funktionäre fürchten, zumindest, wenn es an die Öffentlichkeit gelangen könnte. Uns schwebt da der Vorwurf einer Vergewaltigung vor, übrigens eine Idee von Gökhan, der eine Agentin unten in Chowd mit dabei hat, die haargenau passend wäre für unsere Maskirowka. Wenn die Alten und dieser Batdorj sich bereit erklären, und davon gehe ich aus, dann kann die Geschichte so schnell starten, dass die Chinesen niemals damit rechnen."

„Und ich," fragte Kubilay, „was kann ich tun ? Ich bin doch nicht nur wegen meiner Freundschaft zu Batdorj hier mit eingebunden worden."

Fanito grinste : „Ihr habt doch im Büro die letzte Zeit sicher mit irgendwelchen tatsächlich erfolgten oder auch nur versuchten Bestechungsgeschichten zu tun gehabt, hinter denen Chinesen steckten, oder ? Dann suchen Sie uns mal einen brauchbaren Namen aus der Chowd-Aimager Grenzregion heraus, den man im Zuge der Maskirowka zur Mitarbeit erpressen könnte. Selbstverständlich ohne demjenigen nähere Einzelheiten oder Namen zu verraten."

* * *

„Ich kann kein Chinesisch," protestierte Batdorj, aber sein Protest war nur halbherzig, denn seine Wut war durch die Suspendierung und die darauffolgende Standpauke seiner Frau Narantsetseg wieder gewaltig aufgeflammt, „ich weiß ein paar Brocken, aber nicht genug, um dort zurecht zu kommen."
Gökhan winkte ab.
„Genau deswegen habe ich doch den Plan aus Ulan Bator ein wenig verändert und den Professor gebeten, mitzufahren. Natürlich weiß er nur von der weiteren Suche nach dem Fluch und dafür würde er mit uns in Sandalen in den Himalaya ziehen, von der Absicht, Chang Hu bloßzustellen aus Rache, darf er nichts erfahren, und in seiner Anwesenheit darf kein Wort fallen von wegen Liquidierung und so weiter. Er spielt praktisch nur für unsere Gruppe den Reiseleiter und Dolmetscher und freut sich sogar darauf."
„Na gut," brummte Batdorj, „und Timur ? Wie weit weiß er Bescheid ?"
„Der erfährt gar nichts," Gökhan zeigte auf sich, auf Batdorj und auf Tselmeg, „wir drei sind die einzigen, die den gesamten Plan kennen. Sie sind momentan kein Polizist mehr, Batdorj, Timur hat Ihnen nichts anzuschaffen und Sie haben

ihm gegenüber keinerlei Verpflichtungen. Ach ja, übrigens schönen Gruß von Kubilay, wenn Sie wollen, sind Sie jederzeit willkommen im Büro. Er lässt Ihnen ausrichten, dass sich dort kein Mensch dafür interessiert, ob Sie aktiver oder suspendierter Kommissar sind."

„Danke," murmelte Batdorj, aber dies auch wieder nur mit gebremsten Elan, denn eine Überlegung, ob er wechseln sollte nach Ulan Bator, die hatte er bereits vor einem halben Jahr zu Gunsten Chowd-Aimags entschieden, „und dann noch was Wichtiges : Ich hab' hoffentlich nichts zu tun mit der Exekutierung ?"

„Keine Sorge," Tselmeg ließ sein meckerndes Lachen hören, bevor Gökhan antworten konnte, „keine Sorge, zartfühlender Kommissar, das ist unser Job. Du kümmerst dich nur um deine Aufgaben, Logistik und vor allem Beobachtung und dann so eine Art Kommandostelle. Wenn es soweit ist, erledigen wir das sauber und ohne Komplikationen, da könnt ihr euch drauf verlassen."

„Wenn das soweit ist," bestätigte Gökhan, „dann nehmen wir Sie, Batdorj, und den Professor selbstverständlich rechtzeitig aus der Schusslinie. Dann sind Sie beide wieder hier in Chowd zurück."

* * *

Nahe der mongolisch-chinesischen Grenze liegt auf chinesischer Seite eine aufstrebende Kleinstadt, aufstrebend, weil sich dort seit einiger Zeit Industrie angesiedelt hat mit dem Schwerpunkt Elektronik. Die Geschäfte laufen gut, aber nicht nur die mit Europa und Nordamerika (wegen des staatlich festgelegten niedrigen Arbeitslohnes und des fehlenden Umweltschutzes waren die Waren auf den dortigen Märkten konkurrenzlos billig), auch in der benachbarten

Mongolei gab es noch einen enormen Nachholbedarf sprich großen Markt. Wegen der räumlichen Nähe gab es natürlich mehrere örtliche Anbieter im Großhandel, und so war es kein Wunder, dass mit harten Bandagen um den Markt gekämpft wurde.

Bestechungsversuche waren dem erfolgreichen Exporteur Hang Li bereits ein paar Mal geglückt, einige Male danebengegangen, das letzte Mal allerdings war er so dumm hereingefallen, dass ihm nun von mongolischer Seite der Entzug der Handelslizenz drohte. Es war nur eine Frage der Zeit, wie rasch oder weniger schnell diese Geschichte durch die bürokratischen Mühlen laufen würde, danach wäre sie ein herber Schlag für den Großhändler, denn ein Riesen-Einkommensverlust drohte.

Und so war es kein Wunder, dass er sofort auf den Handel einging, der ihm von einem hohen Beamten aus dem mongolischen Innenministerium angeboten wurde : In der letzten Bestechungsaffäre würde nichts gegen ihn unternommen werden, und im Gegenzug dafür sollte er auf einige Zeit eine junge Mongolin als Gast in seiner Familie aufnehmen, die Kontakt suche zur dortigen Prominenz. Diesen Kontakt sollte er ihr mit Einladungen zu sich oder zu anderen wichtigen bekannten Persönlichkeiten ermöglichen und sich dabei bei anderen für ihre Integrität verbürgen. Einmal hatte sich im Gespräch der Beamte sogar verplappert und Hang Li vermutete, dass es sich um dessen Nichte handeln musste. Nun, wenn sogar Staatsbeamte auf diese Weise Vorteile für sich und Verwandte ergaunerten, warum nicht, sollte ihm recht sein, er hatte ja auch Nutzen davon. Im Grunde genommen kam er mit diesem Handel sogar ungeheuer billig davon, denn diese junge Frau bei Einladungen mitzuschleppen und sie weiterzureichen an wichtige Leute, das kostete weder Mühen noch in redenswerter Weise Geld.

Während in dieser aufstrebenden Kleinstadt die kleinen Leute gerade genug verdienten, um einigermaßen ordentlich zu leben, gab es daneben auch eine breitere Mittelschicht aus gut verdienenden selbständigen Handwerkern, Kaufleuten, Ingenieuren und Facharbeitern, die sich mit ihrem Geld auch eine Art Luxus leisten konnten. Chinesen reisen gerne, die Mittelschicht hatte seit einiger Zeit das Geld dazu, also hatte ziemlich rasch ein staatliches Reisebüro eröffnet, das diesem Wunsch Rechnung trug und nebenbei die Möglichkeit bot, dass die örtliche Parteizentrale immer informiert war darüber, wer wohin reiste.

Bald schon baute man die ganze Geschichte so aus, dass im ersten Stock eine ganze Abteilung des Geheimdienstes untergebracht werden konnte, eine Praxis, die sich in allen großen Städten bewährt hatte.

Daraufhin bot sich natürlich an, das staatlich geführte Hotel gleich gegenüber zu errichten, denn Reiseunternehmen und Hotel passen gut zusammen, und zur Überwachung ausländischer Gäste war der Weg vom ersten Stock des Reisebüros zum Hotel nicht weit.

Über einen dieser ausländischen Gäste freute sich das Hotelpersonal im Moment sehr, es war ein älterer ‚Langnase', also Europäer, der aber den hier gesprochenen chinesischen Dialekt so gut beherrschte, dass man sich ausgezeichnet mit ihm unterhalten konnte, zudem interessierte er sich sehr für alle kulturellen Stätten, und egal ob neu oder alt, auf solche Orte waren die Einwohner dieser chinesischen Stadt stolz. Dass ein Europäer, auch wenn er von Beruf ein Universitätsprofessor gewesen war, sich so exzellent verständigen konnte, machte ihn interessant und sehr sympathisch. Sein Begleiter, ein Mongole, den er offensichtlich von früher aus Aufenthalten in der Mongolei kannte, wurde akzeptiert, aber nicht für voll genommen, er war halt zum einen ein Mongole, zum andern recht brummig und zum dritten konnte er nur

wenig Chinesisch und das Wenige sprach er auch noch oft falsch aus. Man beachtete ihn nicht weiter, behandelte ihn kühl-höflich und kümmerte sich also nicht groß um ihn.
Nicht alle Reisenden können oder wollen sich das doch recht teure Hotel-zimmer leisten, also waren nach und nach kleinere Pensionen entstanden, die aber von der Größe her für Partei und Staat nicht lohnenswert und also alle in privatem Besitz waren, fast alle waren eine Art kleinere Familienbetriebe. Reisende oder kleine Reisegruppen mit schmälerem Geldbeutel stiegen hier ab. Und so war es ganz normal, dass eine kleine Gruppe aus sechs Senioren, die wohl sehr lange auf diese Urlaubsfahrt gespart hatten, mit ihrem noch jungen Chauffeur in solch einem kleinen Beherbergungsbetrieb abstiegen. Immerhin lag das Haus recht zentral, fast in der Stadtmitte. Die alten Herren konnten kein Chinesisch und die Pensionsfamilie verstand kein Mongolisch, aber man kam zurecht miteinander, vor allem, weil die Senioren keinerlei Ansprüche stellten und mit allem zufrieden waren. Misstrauisch beäugt wurde nur der Chauffeur, er sah aber auch zu abstoßend aus, aber das legte sich rasch, denn er war ganz genauso bescheiden und unkompliziert wie die Alten, zudem schien er die Kasse zu verwalten und zahlte eine Woche im Voraus.
Und während auf mongolischer Seite ein Polizeipräsident noch immer den Kopf schüttelte ob des ungeheuerlichen Benehmens seines Kommissars und nicht wusste, was er gegen die Suspendierung unternehmen könnte, und während auf chinesischer Seite sich drei Angehörige des militärischen Geheimdienstes königlich freuten über die Hilflosigkeit der mongolischen Justiz gegenüber dem Diplomaten-Status, lief ein Rachefeldzug an, meisterlich geplant und in Szene umgesetzt und doch unscheinbar und unbemerkt von denen, auf die er abzielte.

Ach ja, und nicht vergessen sollten wir, dass es eine Person gab, der die momentane Situation in die Hände spielte, denn all die Geschehnisse wirkten sich zu deren Gunsten aus. Der leitende Kommissar war gefeuert, sein erster Stellvertreter rang auf der Intensivstation zwar nicht mehr um sein Leben, aber um seine Gesundheit, und die zweite Stellvertreterin Tüti hatte also im Moment im Kommissariat das alleinige Sagen. Und das eben war mehr als gut für Manas, der sich anschickte, in Chowd-Aimag der große Boss zu werden, denn Tüti stand auf seiner Gehaltsliste.

* * *

Wie besprochen trafen sich Batdorj und wechselnd einer von den Alten jeden Tag in einem der zahlreichen Straßencafés, wobei sie jeden Tag ein anderes und eine andere Zeit ausmachten. Bereits beim dritten Treffen gab es erste Ergebnisse. Um völlig auf Nummer sicher zu gehen, dass auch ein zufälliger Lauscher nichts vom Gespräch verstehen könnte, hatten sie bestimmte Wort-Codes ausgemacht.
„Unser Urlaub wird nicht allzu lange dauern," meinte Tselmeg, der heute an der Reihe war, „Vetter Nummer eins hat wohl keinen Führerschein, der lässt sich überall mit dem Taxi hinfahren. Vielleicht freut er sich demnächst über eine von uns gesponserte kleine Reise. Und stell dir vor, Söhnchen, Vetter Nummer zwei ist eitel. Der geht," er lachte in seiner meckernden Art, „der geht doch tatsächlich wie eine Frau jeden zweiten Tag in einen Schönheitssalon. Wollt' ich schon immer mal sehen, was die in so was drin mit den Damen machen, he he."
Batdorj nickte zufrieden, winkte der freundlichen Bedienung und zeigte mit dem Zeigefinger auf Tselmegs und seine Tasse, bestellte also so neuen Tee.

„Das freut mich. Ich hab' auch gute Nachrichten von Sarantuya, sie kommt mit ihrer Arbeit gut voran. Nur der Professor macht sich Sorgen, er kann sich nicht vorstellen, wie wir das Schriftstück zurückbekommen wollen. Und ich kann ihm ja schlecht erzählen, was wir vorhaben."
Tselmeg wartete mit der Antwort, weil die junge chinesische Bedienung gerade die Tassen schwenkend wie eine Artistin auf sie zu kam, nickte anerkennend mit dem Kopf und grinste das Mädchen an, als er feststellte, dass nicht ein einziger Tropfen Tee verschüttet worden war, und meinte dann : „Sag ihm doch einfach, wir sind ganz nah dran, ein paar Hürden noch, ein klein bisschen Zeit, aber wir haben die Spur. Und das ist ja nicht einmal gelogen, zumindest was unser wirkliches Ziel betrifft."
„Und dabei ist mir dieses abergläubische Mistding völlig egal," murmelte Batdorj und nahm einen großen Schluck Tee, „ob das je wieder in ein Museum kommt oder auf ewig verschwunden bleibt, das interessiert mich einen feuchten Kameldreck. So viel Schaden, wie mit sowas angerichtet werden kann, also von mir aus ….., aber zuerst belabert mich Timur bei jeder Gelegenheit deswegen und jetzt der Professor. Fast wünsche ich, dass dieser vermaledeite Fluch nie wieder auftaucht."
Tselmeg lachte in seiner meckernden Art.

* * *

Vier Tage später setzte sich spät in der Nacht ein wütender Chang Hu in sein Privatauto, das nicht nur aussah wie ein BMW X5, sondern wirklich einer war. Dies betonte er in allen Gesprächen, in denen es über Autos ging, denn es gab ja einen chinesischen Nachbau, der dem teuren deutschen Wagen so ähnlich sah, dass ein Fachmann kaum einen Unterschied bemerkte, aber er, Chang Hu, konnte sich den viel kostspieligeren Import-Wagen durchaus leisten.

Er war wütend und er hatte sich von den Gastgebern nicht einmal verabschiedet. Diese unverschämte kleine Mongolin ! Den ganzen Abend hatte sie ihn so deutlich angemacht, deutlicher ging es nicht. War er am Anfang noch zurückhaltend gewesen - gewiss, sie hatte ihm gefallen, sie war zwar eine Mongolin, aber doch von Reiz und Schönheit - aber sie hatte sich ihm direkt aufgedrängt und bei jeder Gelegenheit seine Nähe gesucht.

Und was passierte dann ? Als der Trubel der Party am Höhepunkt war, ließ er sich von ihr auf ihr Zimmer locken. Und wie sich dieses Huren-Weib aufgeführt hatte ! Sie geilte ihn auf, indem sie so tat, als ob sie Widerstand leistete und ließ sich dabei von ihm ausziehen, immer wieder hielt sie seine Hände fest und stöhnte laut dabei, danach zog sie die Hände zum nächsten Kleidungsstück. Er konnte schon fast nicht mehr denken vor lauter Gier.

Und als sie dann nur noch in der Unterwäsche vor ihm stand und er mit der linken Hand den BH herunterziehen und gleichzeitig mit der rechten Hand seine Hose aufmachen wollte, da schreit sie ihn an, stößt ihn von sich weg und verschwindet mit einem Sprung aus dem Zimmer.

Wie ein Trottel war er allein dagestanden, hatte ein paar Minuten gewartet und dann das Zimmer verlassen. Dieses Miststück ! Gut, dass in dem Party-Durcheinander niemand merkte, woher er kam, er hatte das Haus verlassen und saß nun zornig in seinem Auto. Dieses mongolische Dreckstück !

Er drehte den Zündschlüssel und gab Gas, dass die Reifen laut aufheulten.

Wieder zwei Tage darauf konnte man in der örtlichen Tageszeitung Erschütterndes lesen : Zwei Morde an ein und demselben Tag ! Das hatte es in dieser Stadt noch nicht gegeben.

Bei einem Taxi, das jemand auf dem großen Parkplatz am Bahnhof zwischen zwei Dauerparkern abgestellt hatte und das erst nach einiger Zeit einem anderen Taxifahrer aufgefallen war, stellte sich heraus, dass der letzte Fahrgast noch auf dem Rücksitz saß. Nur konnte er selbst keine Auskunft mehr geben, wie lange er da schon saß, denn er konnte gar nichts mehr, was man von einem Mann so in den Dreißigern erwarten würde. Auf den ersten Blick sah er aus wie ein Zyklop aus der griechischen Sagenwelt, aber das mitten auf der Stirn, das war kein drittes Auge, sondern ein gekonnt platziertes Einschussloch. Es würde eine Weile dauern, bis die Polizei die Identität des Ermordeten festgestellt haben würde, denn der Mann hatte keinerlei Papiere bei sich. Und um Mord musste es sich wohl handeln, denn darauf wies zum einen die Pistolenkugel in seinem Gehirn hin, und zum andern hielt er in der rechten Hand einen Zettel, auf dem stand *Schönen Gruß von Sergej*. Der Presse-Offizier der örtlichen Polizei meinte im Gespräch mit den neugierigen Reportern, das wiese entweder auf die Russen-Mafia hin oder wäre vielleicht der Versuch, die Polizei auf eine falsche Spur zu bringen.

Fast zur selben Zeit wollte die Chefin eines bekannten Schönheitssalons einem Stammkunden, den nur sie selbst bediente, nach der halbstündigen Ruhezeit die Gurkencrememaske wieder abnehmen. Zuerst wunderte sie sich, dass die eigentlich grün-weißliche Farbe der Maske nunmehr einen fast kräftigen Rotstich aufwies, und dann bekam sie einen solchen hysterischen Schreianfall, dass nicht nur die gesamte Belegschaft zusammenlief, sondern sogar auch etliche Kunden aus den mit Vorhängen abgetrennten Kabinen herauskamen. Die Maske abzukratzen wie sonst würde dem Kunden weder weitere Schönheit noch der Haut Sauberkeit und Gesundheit bringen, zumindest nicht mehr in diesem Leben. Der Stammkunde atmete und rührte sich nicht mehr. Der herbeigerufene Arzt kratzte dann doch vorsichtig die

Gurkencrememaske ab, stieß einen lauten Schreckensschrei aus und empfahl danach der Chefin, die sich zwar noch nicht beruhigt aber mittlerweile zu kreischen aufgehört hatte, dringend die Polizei zu rufen. Die rötliche Färbung in der Creme rührte davon her, dass der Kunde mitten auf der Stirn ein Löchlein hatte, das der Arzt erstaunt als von einer Pistole verursacht diagnostizierte.

Obwohl auch dieser Tote keine Papiere bei sich hatte, konnte die Polizei sehr schnell herausfinden, wer er war, denn alle Angestellten kannten den Kunden mit Namen und wussten, dass er ein Angestellter im staatlichen Reisebüro war. Genau genommen gewesen war. In der Brusttasche seiner Jacke fand sich ein Zettel, den die Polizisten am Tatort nicht weiter ernst nahmen, denn was darauf stand, schien mit dem Tod des Stammkunden nichts zu tun zu haben. *Schönen Gruß von Gulnaz* war zu lesen.

Erst später im Polizei-Präsidium kam man erstens zu dem Schluss, beide Morde hätten doch miteinander zu tun, da beide Male gezielter Kunstschuss mitten zwischen die Augen, zweitens zu dem Ergebnis, der Grund der Morde war vermutlich der gleiche, da beide im selben Reisebüro arbeiteten, und man kam drittens zu der Meinung, diese Zettel sollten bewusst verwirren, einmal ein russischer, dann ein mongolischer Name.

Er vermute, sagte der Presse-Offizier den Reportern, der oder die Mörder seien durchaus hier in der Stadt zu suchen, denn die verschiedenen ausländischen Namen wiesen dann doch auf eine plumpe falsche Fährte hin.

* * *

Der chinesische Botschafter in Ulan Bator war nervös. Wenn man in dieser Eigenschaft bei der Regierung einbestellt wird, dann geht es meist um Unangenehmes.

„Sind Sie sich sicher," fragte er seinen Sekretär, „dass Sie richtig verstanden haben ? Ins Innenministerium ? Hat vielleicht wieder mal jemand falsch übersetzt ? Nicht doch Außenministerium ?"
Der schüttelte verneinend den Kopf. „Nein, Exzellenz, Innenministerium ist schon richtig."
Er sah auf seine Armbanduhr. „Um 10 Uhr bei Ojuncaral. Sie wissen, Exzellenz, die Dame verträgt keine Unpünktlichkeit."
Ojuncaral. Auch wenn er mit der Innenministerin bisher noch nichts zu tun gehabt hatte, wusste der Botschafter, dass sie als sehr intelligent und in Verhandlungen sehr eisern bekannt war, nicht wirklich kompromisslos, aber doch überzeugend und durchsetzungsfähig.
Er seufzte. „Ich bin gleich fertig. Sagen Sie schon mal unten Bescheid, mein Wagen kann vorgefahren werden. Hoffentlich nicht wieder irgendwelche komplizierten Verwicklungen, die einem Zeit und Nerven kosten. Und Sie wissen tatsächlich nichts, hat man keine Andeutungen gemacht ? Ich hasse das, wenn ich ohne Vorbereitung mit einer schwierigen Verhandlung konfrontiert werde."
Der Sekretär verneinte bedauernd.
Ojuncaral empfing den Botschafter distanziert-höflich und kam nach den üblichen Höflichkeitsfloskeln sofort zum Thema.
„Herr Botschafter, Ihre Zeit ist sicher so kostbar wie meine, deswegen fasse ich mich kurz. Ich bitte Sie, Ihrer Regierung zwei Nachrichten von mir zu übermitteln. Die eine ist mündlich, die zweite besteht aus einem kleinen Film."
Dem Gesicht des Botschafters konnte man ablesen, dass sich in ihm Ärger breit machte.
„Im Allgemeinen," unterbrach er die Rede der Innenministerin und seine Stimme klang sehr von oben herunter, „im Allgemeinen fungiere ich nicht als Botenjunge. Sie haben

doch sicher andere Möglichkeiten, Post zu versenden, verehrte Frau Innenministerin."

„Lassen Sie mich ausreden," erwiderte Ojuncaral scharf, „es handelt sich Terrorakte, die auf mongolischem Staatsgebiet ausgeführt worden sind. Es geht um Dinge, die das Verhältnis zwischen Ihrem und meinem Staat schwer belasten können, und da sind nur Sie als Übermittler kompetent."

Der Botschafter wagte noch eine Widerrede. „In diesem Falle ist das Außenministerium zuständig."

„Nein, die Zuständigkeit liegt bei mir," Ojuncarals Stimme war noch schärfer geworden, „was ich Ihnen sage und zeige, liegt in meiner Verantwortung. In meiner Verantwortung und in meiner Zuständigkeit. So, und jetzt hören Sie zu! Übermitteln Sie meinem Pekinger Kollegen, im Falle der beiden ermordeten Agenten handelt es sich nicht um einen russischen und einen mongolischen Namen, sondern beide Male um mongolische Namen."

„Ich verstehe nicht," murmelte der Botschafter.

„Das ist nicht nötig," Ojuncaral klang jetzt fast fröhlich, „Ihr Innenminister wird wissen, um was es geht. So, und dann bitte ich Sie, einen Videofilm als zweite Nachricht abzugeben. Er ist nicht lang, ich zeige ihn Ihnen, damit Sie an Hand der Hauptperson die Brisanz kennen."

Zum ersten Mal, seit er im Büro der mongolischen Innenministerin war, musste der chinesische Botschafter lächeln.

„Die eine Nachricht brauche ich nicht zu verstehen, dafür muss ich mir die zweite persönlich ansehen, obwohl sie nicht für mich ist. Eigenartig oder widersprüchlich?"

„Weder noch," sagte Ojuncaral ungerührt, „schauen Sie sich den Film an. Die Hauptperson kennen Sie sicher."

Oh ja, die kannte er. Das war einer der Politkometen auf dem Weg nach oben, im Moment saß er an einer wichtigen Schaltstelle im Geheimdienst.

Starr schaute der Botschafter auf den Monitor, bis der kurze Film zu Ende war.

„Chang Hu," meinte er nachdenklich, „die von Ihnen angesprochene Brisanz beruht darauf, dass es sich hier wohl um eine Vergewaltigung handelt, nein, um eine versuchte Vergewaltigung, denn die junge Dame konnte ja rechtzeitig verschwinden. Aber solche Filme kann ja heutzutage schon jeder halbwegs begabte Schüler fälschen."

Ojuncaral lachte trocken. „Dies ist keine Fälschung. Beweis dafür ist, dass die versuchte Vergewaltigung nicht nur von einer Kamera aufgenommen wurde, sondern von zweien aus völlig verschiedenen Perspektiven."

Nun wurde der Botschafter noch nachdenklicher. „Von zwei verschiedenen Kameras ? Mit anderen Worten, Chang Hu wurde eine Falle gestellt," er nickte gewichtig mit dem Kopf, „eine Falle, in die er hineintappte. Warum ?"

Ojuncaral erhob sich und dem Botschafter blieb nichts anderes übrig, als es ihr gleich zu tun.

„Wie gesagt, mein Pekinger Kollege wird schon wissen, was die Botschaften bedeuten. Ich wünsche Ihnen eine gute Fahrt."

* * *

Batdorj saß mit seiner Frau Narantsetseg im Garten. Sie waren alle, die junge Agentin, die Alten, der Professor und Gökhan ganz genau wie eben Touristen fröhlich aus China zurückgekehrt, die Heimfahrt hatte nicht lange gedauert, denn es war keine große Entfernung gewesen. Der Professor wollte gerne noch bleiben, denn er wartete ja darauf, dass man endlich den Fluch in Händen halten würde, und Gökhan richtete gerade alles dafür her, mit den Alten nach Ulan Bator weiterzufahren.

„Aber was wird denn nun werden ?" Narantsetseg war verständlicherweise äußerst beunruhigt. „Wenn du kein Polizist mehr bist, was willst du denn dann tun ? Müssen die denn dir nicht irgendeine Abfindung oder so was bezahlen ? Du hast doch schließlich so viele Dienstjahre hinter dir."
Batdorj wusste, dass es ihr nicht um das Geld ging, kurz nach der Heirat hatte Timur die gelernte Dolmetscherin für Englisch und Französisch weiterempfohlen an die Bezirksregierung, und dort verdiente Narantsetseg nicht schlecht.
„Ich hab' keine Ahnung, was ich machen soll." Er zögerte etwas, denn er fürchtete, dass Narantsetseg, die ja aus der Hauptstadt kam, den Vorschlag mit Begeisterung aufnehmen würde. „Kubilay hat mir ausrichten lassen, dass ich in seiner Abteilung in Ulan Bator anfangen könnte. Das wäre gleicher Verdienst, aber ….."
„….aber du bist hier verwurzelt," beendete Narantsetseg seinen Satz, „du wärst mir dort noch brummiger, nein," wehrte sie ab, als er die Hand hob und weiterreden wollte, „nein, du gehörst hier her. Außerdem will ich gar nicht mehr meine Arbeitsstelle wechseln, nein, wir bleiben in Chowd. Vorläufig reicht das, was ich verdiene, lass mal die ganze Geschichte ein wenig ruhen. Irgendwas finden wir dann schon für dich."
„Wer kann schon einen alten Polizisten brauchen," murmelte Batdorj in seiner brummigen Art, insgeheim aber schnaufte er tief auf. Wer weiß, was kommen würde, immerhin brauchte er hier nicht weg.

* * *

Eine ganze Woche lang war nichts aus Peking zu hören.

Zu Fanito, der täglich einmal nachfragte, sagte Ojuncaral am vierten Tag : „Haben uns die Chinesen schon je einmal für voll genommen ? Sind wir nicht schon immer nur der kleine dumme Nachbar, auf den man herunterschaut ? Die wird schon noch kommen, die Antwort, verlassen Sie sich drauf, Fanito, aber ganz gewiss nicht so schnell. Erst einmal werden sie nicht reagieren, um zu demonstrieren, dass sie nicht viel halten von unserem Versuch, sie zu erpressen. Das kann meiner Meinung nach schon ein paar Wochen dauern."
Doch mit dieser Aussage irrte sie sich. Nach einer Woche wurde bei ihr ein chinesischer Diplomat angemeldet, seines Zeichens persönlicher Referent des chinesischen Innenministers.
Zu ihrer Überraschung war es ein junger, sehr agiler und äußerst freundlicher junger Mann, der eigentlich nicht so aussah, als hätte er schon viel Erfahrung gesammelt auf dem diplomatischen Parkett.
„Frau Innenministerin," er verbeugte sich tief, „ich freue mich, endlich die Bekanntschaft machen zu dürfen mit einer Politikerin, bei der man nicht sagen kann, was höher einzuschätzen ist, ihre Schönheit oder ihre Intelligenz."
„Lassen Sie alberne Schmeicheleien," Ojuncaral war amüsiert und gespannt, mit welcher Nachricht und Argumentation der junge Mann aufwarten würde, „wir Mongolen lieben diese Anreden nicht. Sagen Sie einfach Ojuncaral."
Sie bat ihn, sich zu setzen und sah ihn fragend an.
Er lächelte. „Mir wurde vorhergesagt, dass Sie keine Schnörkel lieben. Dann komme ich gleich zur Sache. Ihr Kollege, mein Chef, hat Ihre Nachricht sowie diesen kleinen interessanten Film erhalten. Wir haben die Information, dass bei den beiden ‚Schönen-Gruß-Morde' es sich um rein mongolische Namen handelt, an die örtliche Polizei weitergeleitet, wobei," er grinste vergnügt, „wobei diese bei ihren Recherchen festgestellt hat, dass im fraglichen Zeitraum

kaum Mongolen in den Hotels gemeldet waren, die auf irgendeine Weise als Täter in Frage kämen, eine Gruppe alter Tattergreise sowie ein Mongole, der einen Professor aus Europa begleitete - unwahrscheinlich, dass solche Gäste in Frage kommen."

Er beugte sich etwas vor und fragte leiser : „Ganz inoffiziell gefragt : Wie haben Ihre Leute das bewerkstelligt ?"

Ojuncaral lachte kurz. „Ich habe nicht die geringste Ahnung, wovon Sie reden. Aber auf alle Fälle kann ich behaupten, dass die Mongolei sich zu wehren weiß, wenn jemand glaubt, uns mit terroristischen Aktionen schaden zu wollen."

„Schade," meinte der junge Mann, „schade, ich lerne nämlich gerne hinzu. Na ja, dann bleibt also noch dieser Film. Ich will nicht lange herumreden, unsere Spezialisten haben festgestellt, dass er kein Fake ist, er ist tatsächlich echt. Unser Abteilungsleiter Chang Hu hat sich also böse in die Nesseln gesetzt, nebenbei bemerkt auch gute Arbeit von Ihren Leuten, und mein Chef lässt nun fragen, was Sie uns mit diesem Film zu verstehen geben wollen. Haben Sie da in Richtung Chang Hu bestimmte Vorstellungen ?"

Ojuncaral ließ sich etwas Zeit. Der junge Diplomat entsprach so gar nicht den sonstigen, starren und unbeweglichen Partei-Funktionären, mit denen fast immer sehr schwer zu verhandeln war. Entweder war der chinesische Innenminister so raffiniert und hatte ihr einen glänzenden Schauspieler geschickt, vielleicht um sie auf Glatteis zu locken für Verhandlungsfehler aller Art, oder aber es gab mittlerweile eine neue Politiker-Generation, die moderner dachte und beweglicher war, im Zeitalter der international vernetzten Information durchaus denkbar. Sie entschloss sich, alles auf eine Karte zu setzen.

„Ganz recht," antwortete sie und versuchte dabei, die Mimik ihres Gegenübers zu kontrollieren, „wir wissen, was wir von Ihnen wollen. Uns ist in dieser Geschichte großer Schaden zugefügt worden, an Menschenleben und weiters auch im materiellen Sinn. Der Urheber ist ohne allen Zweifel Chang Hu. Wie die chinesische Regierung mit ihm verfährt, ist ihre Sache, wir wollen nie wieder in unserer Nähe etwas von ihm verspüren."

„Die Sache mit Schaden an Menschenleben kann ja nun mal gegengerechnet werden, seien wir ehrlich, egal, wer angefangen hat, Mord bleibt Mord. Hier sind wir also quitt. Und wenn wir Ihrem Wunsch nachkommen, wäre denn dann sicher gestellt, dass dieser Film niemals an die Öffentlichkeit kommt?"

Ojuncaral nickte. „Allerdings. Aber unser Wunsch hat noch einen kleinen Zusatz. Die Klage gegen den Chowder Kommissar wegen Beleidigung eines Diplomaten müsste ebenfalls zurückgezogen werden. Dann wäre die Geschichte gründlich bereinigt, für beide Seiten."

Jetzt schwieg der junge Mann eine Weile.

„Eine Klage, die bereits öffentlich gemacht worden ist, zurückzuziehen," sagte er nachdenklich, „das heißt auch heutzutage noch, Gesicht zu verlieren. Ich brauche Ihnen, Ojuncaral, nicht zu erzählen, was das für einen Chinesen bedeutet. Mein Chef wird sagen, wenn wir Chang Hu in der Versenkung verschwinden lassen und man nie wieder von ihm hört, dann hat der Film keinen großen Wert mehr, stellt dann also keine politische Gefahr mehr dar."

Ojuncaral schüttelte den Kopf.

„Ich glaube nicht, dass es für den Innenminister in Peking ein Leichtes sein wird, einen Mann in der Versenkung verschwinden zu lassen, der einmal Tschou En Lai geheißen hat und Enkel eine der berühmtesten Persönlichkeiten Chinas ist."

Der Referent des Innenministers starrte Ojuncaral verblüfft an. Dann mit einem Mal lächelte er wieder.

„Kompliment an Ihre Leute," sagte er anerkennend, „ein großes Kompliment an Ihre Leute, ich bin sehr beeindruckt von der Gründlichkeit und Professionalität, mit der sie gearbeitet haben. Ich kann mir im Moment gar nicht vorstellen, wie jemand außerhalb chinesischer Funktionärskreise diese Tatsache feststellen konnte. Kompliment."
Ojuncaral merkte, dass der junge Mann sich erheben wollte und stand auf, denn dies musste natürlich sie als Gastgeberin als Erste tun.
Er verbeugte sich so tief wie bei seiner Ankunft.
„Ich werde meinem Chef empfehlen, Ihrem Wunsch Folge zu leisten. Ich nehme an, er wird Ihnen so rasch wie möglich antworten, damit diese leidige Geschichte aus der Welt geräumt ist. Ich freue mich sehr, Sie kennengelernt zu haben, Frau Inn.., oh Entschuldigung, Ojuncaral."

* * *

Diesmal dauerte es keine Woche. Drei Tage nach dem Gespräch saßen Batdorj, Gökhan, Professor A-lo-is und Timur in dem wohnlich eingerichteten Büro des Polizeipräsidenten.
Batdorj hatte gemault, als er den Anruf aus dem Polizeipräsidium bekam zu diesem Termin.
„Ich bin kein Polizist mehr," hatte er zu Narantsetseg gesagt, „die können mich mal. Meinst du, ich will da durch die Gänge schleichen und jeder starrt mich an ? Ha ha, du hast hier überhaupt nichts mehr zu sagen, du bist bloß ein ganz gewöhnlicher Besucher, du kannst ……"
Seine Frau hatte ihn abgeblockt. „Du bemitleidest dich selber. Wenn du wirklich so denkst, dann bleib hier. Wenn du aber ein Rückgrat hast, dann gehst du hin ! Niemand kann dir was vorwerfen, außer, dass du einen Mörder und Terroristen beleidigt hast."

Also saß er jetzt hier und hörte zu, niemand hatte ihn angestarrt, alle hatten ihn ganz genau so gegrüßt wie immer.
Timur war richtig vergnügt, so aufgekratzt, dass Batdorj's Magen ihm meldete, wär'st doch besser daheim geblieben, was immer es hier Lustiges oder Erfolgreiches gibt, dich geht's ja nichts mehr an.
„Mein lieber Batdorj, lieber Gökhan," verkündete der Polizeipräsident fröhlich, „ich bin schon vom Innenministerium informiert, ich weiß schon alles. Und ich habe deswegen auch," er wies auf den Professor, „Professor A-lo-is dazu gebeten, denn die Freude wollen wir ihm doch nicht nehmen, dass der Fluch endlich wieder da ist."
Dieser vermaledeite Fluch. Batdorj sank in sich zusammen. Letztendlich hatte ihn dieser dreimal verfluchte Fluch den Job gekostet, und jetzt hatte man ihn hereingeholt, um dessen Wiederauftauchen zu feiern? Dieser vermaledeite Fluch!
Timur hingegen schien nicht im Mindesten zu bemerken, in welcher Stimmung sich sein ehemaliger Kommissar befand und sprach in ungehemmter Fröhlichkeit gönnerhaft weiter.
„Und jetzt lasse ich Gökhan die gute Botschaft übermitteln, wahrscheinlich weiß er ja als Fachmann sowieso mehr Einzelheiten über die ganze Sache."
„Das tut mir jetzt leid," meinte Gökhan, dem es gar nicht recht war, diese so offensichtliche Fröhlichkeit bremsen zu müssen, „ich habe zwar eine gute, eine sehr gute Nachricht sogar, aber leider auch eine schlechte. Die gute betrifft Sie, Batdorj, Ojuncaral lässt Ihnen ausrichten, dass die Chinesen die Klage zurückgezogen haben. Ihre Suspendierung besitzt also keinerlei Grundlage mehr."
Dann sah er kurz Timur, danach den Professor an. „Aber mit dem Fluch, das wird nichts. Das ist die schlechte Nachricht. Wir wissen nach wie vor nicht, wo er ist."
Während Timur erblasste und leise „Der Fluch ist nicht gefunden?" stöhnte, wandte sich Gökhan zu Batdorj.

„Chang Hu hat erklärt, er hätte nur die Planung ausgearbeitet, für den Diebstahl des Fluches und alle weiteren Aktionen seien die beiden Agenten mit dem Diplomatenpass verantwortlich gewesen. Nachdem die zwei nicht mehr leben, weiß niemand, wo sie den Fluch versteckt haben. Ojuncaral meint, diese Aussage sei zuverlässig."
Während sich in Batdorjs Hirn allmählich die Erkenntnis durchsetzte, was Gökhans Bericht für ihn bedeutete und in Folge er sich nicht nur deutlich aufrichtete, sondern auch sein Magen das Rebellieren gänzlich sein ließ, zogen nun Professor und Polizeipräsident lange Gesichter.
„Der Fluch ist nicht gefunden?" flüsterte Professor A-lo-is enttäuscht, und Timur, der jetzt an Stelle Batdorjs in sich zusammenzusinken schien, murmelte : „Alle Ahnen mögen uns beistehen. Der Fluch mit dem Fluch geht weiter. Mögen uns allen die Ahnen gnädig beistehen."
Eine Weile herrschte Stille. Batdorj wäre zwar am liebsten aufgesprungen und heimgefahren, um Narantsetseg diese Supernachricht zu erzählen, aber so was ging natürlich nicht. Höflichkeit und so weiter.
Plötzlich ging ein Ruck durch Timur, er richtete sich auf.
„Batdorj," sagte er mit einigermaßen fester Stimme, „dann ist bloß gut, dass Sie die Sache wieder übernehmen. Hier," er zog eine Schublade auf, nahm Batdorjs Dienstausweis und Pistole heraus und reichte beides über den Tisch, „hier, nehmen Sie, ab sofort sind Sie wieder leitender Kommissar. Ihr Fall mit dem gestohlenen Fluch ist nicht zu Ende, also legen Sie sich ins Zeug !"
Ein klein wenig sank jetzt wieder Batdorj in sich zusammen. Dieser vermaledeite Fluch. Würde der seine Lebensaufgabe werden ? Und wo sollte er denn suchen ? Wo denn ? Vielleicht hatten diese Verbrecher ihn ja gleich zu Anfang vernichtet, zerrissen, weggeworfen, vielleicht jagte man

etwas hinterher, das es gar nicht mehr gab ? Dieser vermaledeite Fluch.

Timurs weitere Worte rissen ihn aus dem Grübeln.

„Tja, Professor A-lo-is, Sie haben es gehört, tut mir furchtbar leid," seine Stimme klang etwas gequält, „aber Batdorj wird sein Bestes geben, das kann ich Ihnen versichern, und er ist mein bester Mann. War er immer und ist er. Und jetzt muss ich Sie leider hinausbitten, Sie, Professor, und Sie, Gökhan, denn ich muss mit Batdorj was Wichtiges unter vier Augen besprechen."

Als die beiden Angesprochenen sich erhoben, sagte Timur schnell : „Ach nein, Gökhan, bleiben Sie bitte da, vielleicht ist es Ihnen ja möglich, uns zu helfen."

Als der Professor sich verabschiedet hatte und gegangen war, setzte Timur eine sorgevolle Miene auf.

„Hören Sie, Batdorj," meinte er kummervoll, „und Sie auch, Gökhan, denn hoffentlich können Sie Batdorj helfen. Also, es geht um was Schlimmes. Ich bin zwar nirgends mehr aktiv in die Polizeiarbeit eingebunden, aber glauben Sie mir, ich beobachte alles nach wie vor genau."

Er seufzte, machte eine Pause, sah zur Decke hoch, als flehe er um die Unterstützung der Ahnen, und fuhr dann leise fort : „In dieser Zeit, in der Sie, Batdorj, suspendiert waren, hatte Tüti die alleinige Leitung des Kommissariats, mit Sergej ist ja noch lange nicht zu rechnen, ja, und in dieser Zeit gab es vier Vorfälle, also deutlich mehr als früher, in denen unsere Kundschaft uns hat auflaufen lassen."

Er seufzte noch einmal. „Ich sag' es nicht gerne, Batdorj, aber ich habe Tüti im Verdacht. Nein," er schüttelte den feisten Kopf, als Batdorj zu reden ansetzte, „nein, hören Sie ! Ich habe genau beobachtet, nur Tüti wusste über alles genau Bescheid, und alle vier Male liefen wir ins Leere. Kein einfacher Polizist hätte unseren Kunden Informationen liefern können, denn wirklich nur Tüti wusste über alle Planungen

Bescheid, schließlich war sie ja in dieser dummen Zeit die einzige Kommissarin. Und jetzt, wo Sie wieder da sind, Batdorj, müssen wir die Geschichte klären. Korruption ist ein Übel, das ausgemerzt gehört."

„Aber Tüti ?" Batdorj war immer von der Integrität seiner Stellvertreterin überzeugt gewesen.

„Batdorj, denken Sie doch mal logisch," forderte Timur, „etwas verraten kann nur jemand, der auch etwas weiß. Sie waren nicht da, Sergej ist außer Gefecht gesetzt, Tüti hat alle Planungen unter sich, nur sie allein wusste alle Details. Aber," er seufzte erneut, „ich weiß schon, Sie sind zu gutherzig, und darum ist es nicht schlecht, wenn Gökhan an Ihrer Seite bleibt. Wir machen Folgendes : Niemand erfährt vorläufig, dass Sie wieder im Dienst sind. Das Ganze wird sehr schnell über die Bühne gehen, denn Tüti hat mir mitgeteilt, dass für heute Abend eine Razzia im Rotlicht-Viertel angesetzt ist. Halten Sie sich bereit, und wenn die Aktion beendet ist, stoßen Sie beide hinzu und überprüfen, ob und wie weit Erfolg oder nicht. Danach konfrontieren wir Tüti mit meinem Verdacht. Hab' ich Ihnen Ihren Dienstausweis schon zurückgegeben ? Ja ? Na dann. Tun Sie Ihr Bestes, ich zähl' auf Sie, Batdorj."

Er wuchtete seinen massigen Körper von dem Sessel hoch. „Und ich kümmere mich noch ein bisschen um den armen Professor. Jetzt ist er extra hier geblieben, um den Fluch in Empfang zu nehmen, und nun muss er ohne dieses sicher einmalige Erlebnis wieder heim fliegen. Der arme Kerl, na ja, wir sind ja auch nicht in einer besseren Lage, wenn der Fluch nicht wieder auftaucht."

Batdorj verdrehte die Augen. Der vermaledeite Fluch.

* * *

Der Abend hatte keinen Beweis von einem Fehlverhalten Tütis erbracht, die drei verschiedenen Bordell-Besitzer waren alle drei völlig überrascht und natürlich wütend, denn eine solche Störung des Geschäftsbetriebes brachte beachtliche Umsatzeinbußen mit sich. Dieses Minus an Einnahmen würde selbstredend auch die Anteile Manas schmälern, aber heute nahm er es gelassen hin, wichtiger war, dass alles vorläufig so weiterlaufen konnte wie bisher. Es war schon ein glücklicher Umstand gewesen, dass dieser ausländische Professor im Hof der Polizeizentrale Tüti über den Weg gelaufen war und ihr gratuliert hatte, dass ihr Kollege, den sie doch sicher schon sehr vermisst hatte, wieder in Amt und Ehren sei. Nachdem sie dies erfahren hatte, Batdorj aber sich nicht bei ihr meldete und auch Timur nichts davon wissen wollte, war sie misstrauisch geworden und hatte mit Manas verabredet, heute Abend eine wirkliche Überraschungsrazzia durchführen zu können.
Am Morgen danach hatte Timur Batdorj noch einmal zu sich gebeten.
Während Batdorj nach wie vor nicht glauben konnte, dass Tüti von der Gegenseite finanziert würde, blieb der Polizeipräsident vorsichtig.
„Batdorj, bleiben Sie bitte auch wachsam," hatte er gemahnt, „wer soll es denn sonst sein? Aber gut, solange wir sie nicht erwischen und was nachweisen können, gut, aber halten Sie die Augen offen! Seien Sie bitte nicht so blauäugig ihr gegenüber wie sonst, bleiben Sie unbedingt wachsam!"
Nun war Batdorj gerade auf dem Weg, sein Büro wieder in Besitz zu nehmen, sein kleines, mit alten Möbeln eingerichtetes Büro mit dem tristen Blick über den Hof auf die allmählich zerfallende Mauer der ehemaligen Landmaschinenfabrik, in dem er sich aber gerne aufhielt und wo er gerne eine halbe Stunde diese Ruinenseite ansehen konnte, weil da sein Denkapparat unbelastet von anderen Einflüssen lief wie

geölt, also er war gerade auf dem Weg dorthin, als sich ihm ein Unbekannter, ein Männlein, das ihm kaum bis zu den Schultern reichte, in den Weg stellte.

„Ist denn hier niemand zuständig," schrie er mit zornesrotem Gesicht, „nimmt mich hier keiner ernst ? Sind Sie ein Kommissar ?"

Heute, an diesem ersten Diensttag nach der Suspendierung, war Batdorj aber zu gut gelaunt, um sich von solchem Geschrei beeindrucken zu lassen.

„Bin ich, bin ich," bestätigte er mit freundlicher Miene und blieb stehen, „was haben Sie denn für Sorgen?"

„Sorgen ?" Das Männlein blieb bei seiner Lautstärke. „Ich will endlich meine Wohnung wieder vermieten können!"

Batdorj setzte sich wieder in Bewegung.

„Dann müssen Sie ins Städtische Amt, ich bin Polizist, ich kann Ihnen doch nicht beim Vermieten helfen."

„Sollen Sie doch gar nicht," die Stimme wurde schneidender, das Gesicht tiefrot, „im Amt hat es geheißen, ich soll zur Polizei, und Sie, Sie schicken mich wieder ins Amt ! Ist denn niemand zuständig ? Dann schmeiß' ich das Sach von den zwei Chinesen weg ! Alles raus in den Müll ! Ich will die Wohnung wieder vermieten können ! "

Batdorj stutzte. Das Wort Chinesen rief bei ihm im Moment eine allergische Reaktion hervor. Er ließ sich die Geschichte näher erklären.

Zwei Chinesen hatten vor einiger Zeit eine der möblierten Wohnungen in dem Haus des Männleins gemietet. Er war zwar anfangs nicht begeistert davon gewesen, an Ausländer zu vermieten, aber die beiden hatten ihm einen guten Preis geboten und versichert, dass sie nur selten hier übernachten würden, hauptsächlich müssten sie einige wenige Firmenunterlagen deponieren und ab und zu an diesen arbeiten. Zweimal hatten sie pünktlich die Monatsmiete gezahlt, aber jetzt ließen sie sich nicht mehr blicken. Der Monatsanfang war nun zwei Wochen her, die Miete also längst fällig. Weitervermieten ginge nicht, da in den Schränken diverse Kleidung der beiden war und vor allen Dingen die Schachteln und Koffer, in der einen Papierkram und in der anderen technisches Mistzeug mit jeder Menge Kabel und unverständliche Päckchen, da zugeklebt und auf chinesisch beschriftet.

„Ich schmeiß jetzt das Zeug alles weg," schrie das Männlein, „wer weiß, ob die überhaupt je wiederkommen. Ich will meine Wohnung vermieten, die ist kein kostenloser Lagerraum!"

Batdorj konnte ihn einigermaßen beruhigen, indem er ihm versprach, noch heute Vormittag in diese Wohnung zu kommen, die Sachen zu kontrollieren - Chinesen! - und sich darum zu kümmern, was damit geschehen solle. Sein Lada stand wie immer auf dem Parkplatz im Hof, das hatte er gestern schon gesehen, und den Schlüssel dazu holte er sich bei Solongo. Niemand hatte inzwischen den Wagen nutzen wollen, entweder aus Respekt vor ihm oder aus Angst vor der alten Karre.

„Da hätten wir alle leerstehenden Gebäude der gesamten Mongolei durchsuchen können," meinte Gökhan grinsend, als er mit Batdorj in dieser Mietwohnung stand, „wer hätte geahnt, dass diese Mistkerle so etwas nutzen!"

Was die Schachteln und Koffer enthielten, war ganz sicher ungeeignet zum Wegwerfen : Bauteile für Bomben, fertige Zeitzünder mit Kabeln, einige Pistolen und zwei Maschinenpistolen plus dazugehörige Munition. Wichtigster Fund jedoch war jedoch eine große Schachtel im obersten Fach des Kleiderschrankes - fünf offensichtlich uralte Schriftrollen.

„Ich kann weder das eine noch das andere lesen," Batdorj schüttelte den Kopf, als er vorsichtig eine Rolle nach der anderen aufmachte, „meinen Sie, dass eins davon der vermaledeite Fluch ist?"

Gökhan war auch nicht schlauer.

„Es wurde nie erwähnt, aus wie viel Rollen der Fluch besteht," meinte er, „kann ja auch sein, dass alles zusammengehört. Oder, wenn wir Pech haben, dass das ganze Zeug was völlig anderes ist."
Da kam Batdorj die Erleuchtung.
„Kommen Sie," drängte er, „Gökhan, kommen Sie rasch. Wir nehmen die fünf Rollen mit, ich hab' jemand, der uns was sagen kann dazu."
„Der Professor ?" fragte Gökhan.
„Nein," erwiderte Batdorj, nahm drei der Rollen und ließ Gökhan zwei, „nein, der nicht, ich wüsste jetzt gar nicht, wo der ist. Aber ich weiß jemanden, dem vielleicht ein Teil davon gehört."
Mit Blaulicht rasten sie zum Tempel, doch trotz der Eile hielt Batdorj rechtzeitig und sie gingen den Rest des Weges, wie es sich gehörte, zu Fuß.
Am Eingang stand der selbe Mönch wie damals bei der Diebstahlsanzeige, verbeugte sich und empfing sie mit den Worten : „Ich soll Sie gleich nach oben bringen, die ehrwürdigen Herren werden erwartet."
Der Tempelobere stand mitten im Raum und das Tageslicht, das durch das kleine seitliche Fenster schien, ließ ihn aussehen wie eine Statue, und in diesem Moment fiel Batdorj etwas ein, er beugte sich zu Gökhan und flüsterte : „Verflixt, jetzt hab' ich wieder nicht an Gastgeschenke gedacht."
„Machen Sie sich keine Gedanken," der Oberste der Mönche war ein paar Schritte auf sie zugekommen und verbeugte sich, „was Sie in Händen halten und uns bringen, das ist das Wertvollste, das uns je ein Gast gebracht hat. Ihre Worte bei unserem letzten Abschied, Herr Kommissar, waren wahr gesprochen. Sie haben Ihr Wort gehalten und dafür danken wir."
Er berührte eine der beiden Rollen, die Gökhan hatte.

„Diese Rolle gehört nicht in unseren Tempel, wenngleich sie nicht minder wertvoll ist. Jemand anderes wartet sehnsüchtig darauf."

„Ist das ...., äh, meinen Sie, ist das der Fluch?" fragte Batdorj.

Der Tempelobere nickte. „Der Fluch des Dschingis Khan, ja. Und auch nicht der Fluch."

„Woher wissen Sie das," Gökhan war verblüfft, „Sie haben doch gar nicht hineingesehen?"

Batdorj wollte etwas anderes wissen.

„Es ist der Fluch und es ist nicht der Fluch? Wie kann man das verstehen?"

Der Mönch lächelte milde.

„Die Antwort auf beide Fragen heißt, man kann nicht nur mit den Augen sehen."

Er verbeugte sich nochmals.

„Ich will Sie nicht drängen, aber ich meine, Sie müssen sich beeilen. Der, dem nach dieser Rolle verlangt, wird nicht mehr lange in unserem Land verweilen."

Er ließ sich von Batdorj die drei Rollen geben und von Gökhan die eine. Dann verabschiedeten sie sich voneinander.

Auf dem Weg zur Polizeizentrale kam ihnen ein Taxi entgegen, in dem sie auf dem Rücksitz den Professor erkannten. Er war auf dem Weg zum Flughafen.

Batdorj riss das Steuer herum, fuhr dem Taxi nach und stoppte es.

Drei Minuten später saß Gökhan auf dem engen Rücksitz des Ladas, wusste nicht recht, wo er seine Beine hinstrecken sollte und freute sich über den Professor, der nun auf dem Beifahrersitz glücklich lächelnd die lang gesuchte Rolle in Händen hielt.

* * *

Sie hatten den Professor auf seine Bitte hin zu Timur gebracht. Gökhan musste in sein Hotel, er war froh, dass er endlich einen Abschlussbericht fertigen konnte, und Batdorj hatte in seinem Büro genügend aufzuarbeiten und sich darum zu kümmern, wieder mit dem Polizei-Alltagsgeschäft ins Laufen zu kommen.
Am nächsten Morgen wurden sie von Timur ins Museum beordert.
Batdorj holte Gökhan vor dem Hotel ab und sie betraten das Museum gemeinsam. Hier war bereits eifrig renoviert und ausgebessert worden, man sah noch etliche Schäden, aber alles war schon so weit wieder hergestellt, dass ein ordentlicher Museumsbetrieb bald wieder würde beginnen können, was Batdorj nicht sonderlich interessierte.
Zielstrebig marschierte er in das Zimmer, wo sie sich mit Timur treffen sollten. Erstaunt sah Batdorj, dass der Raum gefüllt war mit Stühlen, und auf fast allen saß jemand.
„Ah, die zwei Retter des Fluches," rief ganz vorne Timur, winkte die beiden zu sich und zeigte ihnen ihre Sitzplätze, vorn in der vordersten Reihe. Hier saß auch der Bürgermeister, der nicht unbedingt ein Freund des Kommissars war, außerdem waren jede Menge Reporter, erkenntlich an den Fotoapparaten, im Raum.
Etwas erhöht und damit für alle gut sichtbar war ein Tisch an der vordersten Wand, dort saß ein nach wie vor glücklich lächelnder Professor A-lo-is, der die Rolle mit dem Fluch vor sich liegen hatte, und neben den Professor setzte sich nun der Polizeipräsident. Automatisch schloss Batdorj die Augen, da er befürchtete, der Stuhl mit den dünnen Beinen würde zusammenkrachen und eine mittlere Katastrophe verursachen, aber der Stuhl hielt das Gewicht aus. Nun wurden die ersten Fotos geschossen, zwei selig Lächelnde vor der Hauptperson, der Rolle.

Ein dicker Buddha und ein dünner Buddha, schoss es Batdorj durch den Kopf.

Dann begann Timur mit seiner Ansprache, wobei er sich natürlich erst wieder erhob und wobei das Knarren des Stuhles Batdorj abermals Angst einjagte.

„Liebe Gäste," der Polizeipräsident verzichtete auf Begrüßung einzelner vielleicht wichtiger Leute, denn ihm kribbelte es in den Fingern, „wir haben den Fluch wieder ! Unschätzbar wichtiges mongolisches Kulturgut ist gerettet dank der Arbeit der Polizei," er wies auf Batdorj und dieser sah dummerweise genau in dem Moment auf, als zwei Reporter gleichzeitig fotografierten, und der Blitz ließ ihn eine Zeit lang nur noch Sternchen sehen, „und Dank unseres hervorragenden Geheimdienstes." Dabei wollte er schon auf Gökhan zeigen, besann sich aber, dass dies wohl nicht ratsam sei und sprach weiter.

„Nachdem die Verbrecher das Siegel, das echte Siegel Dschingis Khans, nun mal zerbrochen haben, sei es uns erlaubt, dieses mongolische Geheimnis zu lüften. Und wer könnte dies besser als unser verehrter Professor A-lo-is."

Unter dem Applaus der Anwesenden zeigte er auf seinen Nachbarn. Dass er sich daraufhin wieder hinsetzte, verursachte diesmal bei seinem Kommissar keinerlei Angstregung, denn dieser sah noch nichts, er hatte noch einen Lichtfleck und kleine Sternchen vor Augen.

Der Professor erhob sich langsam, wartete, bis es ganz ruhig im Raum war und sagte dann : „Das war die schwerste Nacht meines Lebens. Ich hatte die Rolle mit dem Fluch bei mir, habe mich aber gezwungen, nicht hinein zu sehen, denn das empfand ich als Ungehörigkeit gegenüber Ihnen." Applaus.

„Ich will den Fluch erst hier entrollen, vor Ihnen, gemeinsam mit Ihnen." Stärkerer Applaus.

Dann, als der Professor langsam die Rolle öffnete, war absolute Stille. Eine Spannung lag in der Luft, dass es fast knisterte.

Und dann fuhr ein Aufschrei durch das Zimmer, dass alle wie gebannt nach vorne starrten.

„Ha!" schrie der Professor. „So ein Schlitzohr!"

Er begann zu lachen, hielt die Rolle von sich weg und lachte und lachte. Er schüttelte sich vor Lachen.

„Was, was ist los," stammelte Timur verschreckt, „Professor A-lo-is, hat Sie der Fluch verrückt gemacht?"

Jetzt drängten die Reporter nach vorn und Batdorj konnte nichts mehr sehen, weder von Timur noch vom Professor noch vom Fluch.

„Ha," hörte er wieder den Professor rufen, „ha, so ein Schlitzohr! Soll ich Ihnen vorlesen, was der Schreiber des Fluches wirklich aufnotiert hat?"

„Aber erst alle wieder hinsetzen!" drang Timurs mächtige Stimme durchs Gewühl der Reporter. „Nichts wird vorgelesen und nichts wird fotografiert, bevor nicht wieder jeder auf seinem Platz sitzt."

Es dauerte ein bisschen, bis alle dieser Anweisung gefolgt waren.

Etwas theatralisch hob der Professor die Rolle hoch und begann laut zu lesen.

„Pater noster, qui es in coelis,
sanctificetur nomen tuum,
adveniat regnum tuum,
fiat voluntas tua, sicut ….."

Irritiert unterbrach ihn Timur.

"Professor A-lo-is," Timur überlegte rasch, wie hieß es denn, wie hieß nur die Heimatsprache des Professors, „von uns versteht niemand bajorisch. Können Sie es nicht bitte mongolisch lesen?"

Der Professor stieß einen Lacher aus.

„Das ist nicht bajorisch. Das ist lateinisch und der Beweis, dass die Legende von dem Mönch, der Dschingis Khan als Schreiber fungiert haben soll, tatsächlich stimmt. Und dieser Mönch war ein Schlitzohr, denn was er niedergeschrieben hat, das ist kein Fluch, sondern das wichtigste Gebet seiner Religion, und er hat es eben in lateinisch geschrieben, weil das die Sprache seiner Kirche war."
Er hielt die geöffnete Fluchrolle hoch und es begann ein Blitzlichtgewitter, jeder Fotograf wollte dieses Bild.
Kein Fluch. Batdorj schüttelte den Kopf. Ein Gebet einer europäischen Religion. Vor so was hatten alle Angst gehabt. Kein Fluch. Lächerlich.
Er erhob sich und wandte sich dem Ausgang zu, da dröhnte Timurs Stimme nochmals durch den Raum.
„Bitte alle noch einmal hinsetzen! Sie auch, Batdorj! Ich habe noch etwas Wichtiges mitzuteilen."
Unlustig wanderte Batdorj zu seinem Sitzplatz zurück, wunderte sich, dass Gökhan gar nicht aufgestanden war und setzte sich wieder hin.
„Verehrte Anwesende, sehr geehrter Herr Bürgermeister," jetzt hatte Timur mehr Zeit für Floskeln, „ich begrüße auch den Leiter des National-Museums sowie die Damen und Herren der Presse. Wie Sie alle wissen, war die Leiterin dieses Museums das erste Opfer dieser abscheulichen Verbrechensgeschichte. Nun steht im Moment das Museum ohne fachkundige Leitung da, und da meine Pensionierung in einigen Monaten ansteht, habe ich dem Stadtrat angeboten, diesen Posten vorläufig ehrenamtlich zu übernehmen, nach meiner Pensionierung dann möchte ich ihn in Vollzeit ausüben. Unser verehrter Bürgermeister hat zugestimmt, der Stadtrat auch. Und so stehe ich heute eben nicht als Polizeipräsident vor Ihnen, sondern als neuer Museumsleiter." Beifall, einige Blitzlichter.

„Und als Leiter dieses schönen Museums, das nun seinen wichtigsten Schatz wieder in seinem Besitz hat, mag er nun Fluch sein oder Gebet, er ist und bleibt mongolisches Kulturgut, weil er nachweislich aus der Zeit des Khans aller Khans stammt, also als Leiter möchte ich einem Mann, der arg hat leiden müssen unter dem Diebstahl des Fluches, also diesem Mann möchte ich eine Entschädigung zukommen lassen. Bitte kommen Sie zu mir herauf, Kommissar Batdorj."
Batdorj erschrak und erhob sich langsam. Lächerlich. Musste dieser Zauber sein? Wegen so was Lächerlichem?
Timur klopfte ihm auf die Schulter und hielt ihn am Arm fest, während er sich zu den Reportern und Fotografen drehte.
„Kommissar Bartdorj war bis über beide Ohren in diesen Fall verwickelt und musste sogar erleben, dass er deswegen völlig unberechtigterweise vom Dienst suspendiert wurde."
Batdorj war ungemütlich. So was Lächerliches. Trotzdem zwang er sich ein mühsames Lächeln ins Gesicht. Wegen eines Gebetes. Lächerlich.
„Meine erste Amtshandlung als neuer Leiter dieses Museums ist, dass ich Kommissar Batdorj eine Eintrittskarte überreiche, und zwar eine, auf der steht: Lebenslang freier Eintritt in das Chowder Museum."
Beifall. Etliche Fotoblitze.
Batdorj war erstarrt, genauso erstarrt wie sein Lächeln eingefroren war.
So was hatte er befürchtet.
Dieser vermaledeite Fluch.

* * * * *

weitere bücher des autors, erhältlich im buchhandel und internet :

„kommissar batdorj und die alten helden von chowd aimag"
isbn 9783732235124

historische romane:

„denn mein ist die gerechtigkeit der rache"
isbn 9783837084030

„und hüte dich vor den mönchen"
isbn 9783837086157

„der janitschar von salzburg"
isbn 9783837086164

„femegericht im inntal"
isbn 9783837034493

„der thör vom samerberg"
isbn 9783839116777

„der schwarze mann von rosenheim"
isbn 9783842354081

Unterhaltsames:

„fiasko in rom"   isbn9873839106266

„sieben leichen auf der rosenheimer bowlingbahn"
Isbn 9783837088229

„rettet das vaterland. oder wenigstens das dörflein au"
Isbn 9783844818109

kinderbücher:

„der geerbte troll"
isbn 3865483968

„geteilter troll ist doppelte freundschaft"
isbn 978387021776

„lauter kleine geschichten für lauter kleine leute"
Isbn 978387084122